Knaur.

Knaur.

Über den Autor:
Jürgen Sprenzinger, geboren 1949 in Augsburg, begann zwar schon als Kind zu dichten, doch es sollte bis 1994 dauern, ehe sich der schriftstellerische Erfolg einstellte: Aus einer Schnapsidee heraus begann er »dusslige Briefe« an Firmen zu schreiben, und das Buch, das daraus entstand, wurde ein großer Bestseller: *Sehr geehrter Herr Maggi.* Wen das Schreibvirus einmal packt, den lässt es so leicht nicht mehr los, und so ist Jürgen Sprenzinger trotz einiger beruflicher Umwege immer wieder Autor, Journalist und zeitweilig sogar Verleger aus Leidenschaft.
www.sprenzi.de

JÜRGEN SPRENZINGER

SEHR GEEHRTER HERR HORNBACH

Um ein Haar hätte ich mich bei Ihnen beworben

Absagen auf unverlangte Stellenangebote

Knaur Taschenbuch Verlag

Die Originalausgabe dieses Buches erschien zuerst 2007 im Sprenzinger Verlag
unter dem Titel *Arbeit? Nein danke!*

Besuchen Sie uns im Internet:
www.knaur.de

Vollständige Taschenbuchausgabe September 2008
Knaur Taschenbuch.
Ein Unternehmen der Droemerschen Verlagsanstalt
Th. Knaur Nachf. GmbH & Co. KG, München

Umschlaggestaltung: ZERO Werbeagentur, München
Umschlagabbildung: FinePic, München; plainpicture/Morla, D.
Satz: Bärbel Pfennig, Fürstenfeldbruck
Druck und Bindung: CPI – Clausen & Bosse, Leck
Printed in Germany
ISBN 978-3-426-78104-3

2 4 5 3 1

Schuld an diesem Buch war eigentlich eine Frau ...

... die mir eines Tages erzählte, sie hätte fast 200 Bewerbungen auf Stellenanzeigen geschrieben und nur Absagen bekommen – was mir zunächst fast unglaublich erschien – doch sie konnte es tatsächlich beweisen und knallte mir die Absagen diverser Firmen auf den Tisch. Natürlich habe ich die Dame getröstet und ihr Mut gemacht, was sollte ich auch sonst tun? Was mich jedoch ärgerte: Die Überheblichkeit und frostige Kälte, mit der so manche Absage geschrieben worden war – und manchmal hatte man das Gefühl, die Bewerbung war überhaupt nicht gelesen, sondern lediglich durch einen Computer beantwortet worden.

Die Idee für dieses Buch kam mir eines Morgens beim Rasieren. Ich stand, wie fast jeden Tag, vor dem Rasierspiegel, wünschte mir einen guten Morgen und sagte zu mir selbst: „Ich kenne Sie zwar nicht, aber ich rasiere Sie mal vorsichtshalber." Doch kaum war der Rasierschaum in meinem Gesicht verteilt, bemerkte ich im Spiegel jenes teuflische Aufblitzen meiner Augen, das sich immer dann einstellt, wenn mir Sekundenbruchteile später ein diabolischer Gedanke durchs Gehirn schießt ...

Ich überlegte: Wie reagieren Firmen, wenn man den Spieß umdreht und **ihnen** eine Absage erteilt? Und dazu die oftmals sehr großspurigen Slogans, die dem potenziellen Bewerber ins Auge springen sollen, wörtlich nimmt? Aber auch die Anforderungen, die an den Arbeits-suchenden gestellt werden, sind oftmals derart überzogen, dass man schon beim Lesen der Stellenanzeige jeglichen Mut verliert und Minderwertigkeitskomplexe bekommen könnte ...

Kurz und gut: Sehr viele Firmen haben nicht geantwortet, warum das wohl so ist, darüber lässt sich streiten. Liegt es etwa an der angeblichen Humorlosigkeit der Personalchefs?

Dieses Buch hat mir beim Schreiben unendlich viel Spaß gemacht – und vielen Freunden und Bekannten auch, die ich als Testleser oftmals zu den unchristlichsten Zeiten mit diesen „Absagen" konfrontiert habe. Manche sind vor Lachen fast zusammengebrochen, andere wiederum haben mir entsetzt gesagt: „Das kannst du doch nicht machen!" Für Eure Geduld, Ihr Lieben, nehmt meinen herzlichsten Dank! Besonders erwähnen möchte ich dabei meine liebe Freundin Maria Philipp (Mali), die mir immer als Erste ihr geneigtes Ohr leihen musste und diesbezüglich wohl am meisten strapaziert worden ist.

Ich habe dieses Buch gemacht – nicht zuletzt auch deswegen, um zu beweisen, dass hinter all den Stellenanzeigen Menschen stecken – Menschen wie du und ich – und sollten Sie sich in Zukunft bewerben wollen oder müssen, bedenken Sie bitte: Auch Personalchefs kochen nur mit Wasser ...

Ihnen, liebe Leserinnen und Leser, wünsche ich mit diesem Buch, das genau genommen gar keines ist, sondern aus Stellenanzeigen und den dazu gehörigen „Absagen" besteht, ein paar vergnügliche Stunden. Wie schrieb ich bereits in meinem ersten Buch („Sehr geehrter Herr Maggi") vor zehn Jahren? Ich schrieb damals: „Wenn Sie es mit derselben Freude lesen, wie ich sie beim Schreiben empfand, dann will ich zufrieden sein."

Und das gilt immer noch.

Jürgen Sprenzinger Frieda-Forster-Str. 49 86399 Straßberg

J. Sprenzinger, Frieda-Forster-Str. 49 86399 Straßberg

Firma
Security-Center GmbH & Co. KG
Geschäftsleitung
Linker Kreuthweg 5

86444 Affing/OT Mühlhausen

16.08.2006

Ihre Stellenanzeige in der Augsburger Allgemeinen vom 12. August 2006

Sehr geehrte Damen und Herren,

als ich Ihre Stellenanzeige gelesen hab, hab ich mir gedacht, bei Ihnen bewerbe ich mich. Schon wegen dem Foto vorne drauf, wobei es sich wahrscheinlich um Mitarbeiter handelt, die vor Freude hüpfen, weil sie bei Ihnen arbeiten dürfen.

Als ich jedoch genauer hingeguckt habe, musste ich feststellen, dass ich leider für nichts geeignet bin. Ich bin kein Inhouse-Consultant, auch kein Leiter IT und kein PR Referent.

Das einzige, was ich machen könnte, wäre vielleicht ein Mediengestalter, weil ich daheim auch immer sage, welches Fernsehprogramm angeschaut wird. Da hat meine Frau überhaupts keine Chance gegen mich.

Allerdings hab ich dann gelesen, ich müsste da engagiert sein bis in die Haarspitzen. Das ist mir leider nicht möglich, weil ich nämlich eine Glatze hab. Mein Haarausfall hat mit 27 angefangen und war ein Drama, weil mir das unwahrscheinlich auf die Psyche gegangen ist. Zudem hab ich immer geglaubt, ich krieg ohne Haare keine Frau. Ich hab aber trotzdem eine gekriegt, die war sogar froh, dass ich eine Glatze gehabt hab, weil das für sie nämlich eine zusätzliche Kussfläche war.

Lange Zeit hab ich mir dann überlegt, ob ich ein Toupet benutzen sollte, aber davon bin ich auch wieder abgekommen, weil ich damit furchtbar doof ausseh. Zudem ist es ja auch so, dass diese Kunsthaare keine direkte Verbindung zum Haarboden haben, sind also sozusagen galvanisch getrennt und dann fühlt man in diesen Haaren überhaupts nichts. Deswegen lieber Glatze.

Ich wollte Ihnen das eigentlich gar nicht schreiben, sondern lediglich, dass ich mich aus den genannten Gründen nicht bei Ihnen bewerben kann, obwohl ich anfänglich den innerlichen Drang dazu hatte.

Ich hoffe, Sie verstehen meine Beweggründe und nehmen mir das nicht übel, obwohl ich gerne mit Photoshop arbeite. Ich hab letzte Woche meine Frau fotografiert und sie mit diesem Programm bis zur Unkenntlichkeit verzerrt. Das geht mit der Funktion „Verflüssigen". Meine Frau hat mich dann allerdings eine Woche lang nicht mehr in Ihr Bett gelassen, weil sie scheinbar nicht weiter verflüssigt werden wollte.

Trotzdem wünsche ich Ihnen noch weiterhin viel Erfolg.

Mit freundlichen Grüßen

ABUS Group security center

Security Center • Linker Kreuthweg 5 • D-86444 Mühlhausen

21. August 2006

Affing/Mühlhausen (Germany)
Wien (Austria)
Amersfoort (Netherlands)
Hørsholm (Denmark)

Jürgen Sprenzinger
Frieda-Forster-Strasse 49
86399 Straßberg

Ihre Bewerbung vom 16.08.2006

Sehr geehrter Herr Sprenziner,

Vielen Dank für Ihre Kurzbewerbung vom 16. August 2006.

Schade, dass keine unserer Stellenofferten in der Augsburger Allgemeinen vom 12. August 2006 für Sie geeignet ist. Gleichwohl viele der von Ihnen geschilderten vermeintlichen Einstellungshindernisse von uns nicht als solche betrachtet werden.

Unsere Mitarbeiterstruktur ist sehr heterogen und spiegelt sowohl alle Altersklassen als auch höchst unterschiedliche Bildungsstände wieder. Fast immer passt so auf die „verschiedenen Töpfe" der Deckel „ABUS Security-Center".

Sie sollten es daher nicht versäumen, uns Ihre vollständigen Bewerbungsunterlagen zuzusenden. Wenn auch jetzt kein Job so wirklich zu Ihnen passt, so ergibt sich vielleicht in der Zukunft etwas. Man weiss ja nie.

Erlauben Sie uns noch ein paar Worte zu den Problemen mit Ihrem Haupthaar und Ihrem Verhalten gegenüber Ihrer Gattin.

Das Thema erblich bedingter Harrausfall muss heutzutage kein Handycap mehr sein. In vielen Berufen ist extrem kurzes oder nicht vorhandenes Haupthaar sogar ein positives Kriterium. So z.B. im professionellen Schwimmsport (ersetzt die farbige Badekappe) oder als Türsteher (Glatze, gepaart mit maskulinen Gesichtszügen können gezielt der Konfliktenstehung entgegen wirken). Sollten diese beiden Berufsbilder nicht zu Ihnen passen, empfehlen wir das Medikament PROPECIA®. Als für Sie kostengünstigere Variante haben wir diesem Schreiben zudem das Buch „Herrliches Haarwachstum durch Autosuggestion" beigelegt.

Security Center
GmbH & Co. KG
Linker Kreuthweg 5

86444 Affing / Mühlhausen
Gewerbegebiet

Tel.: +49 (0) 82 07 / 959 90 0
Fax: +49 (0) 82 07 / 959 90 100
www.security-center.de
info@security-center.de

Ust-IdNr.: DE 201 857 368
St.-Nr.: 348/5994/0848
Finanzamt Witten
WEEE-Reg.-Nr.: DE65915284

Geschäftsführer: A. Kupka
Kommanditgesellschaft
Handelsregister Augsburg
Nr. HRA 13212

Pers. haftende Gesellschafterin:
ABUS Security GmbH
Handelsregister Hagen
Nr. HRB 5427

security center
ABUS Group

Affing/Mühlhausen (Germany)
Wien (Austria)
Amersfoort (Netherlands)
Hørsholm (Denmark)

Was Ihre Frau Gemahlin angeht, so gilt ihr unser ausdrückliches Mitgefühl. Ihre Dominanz bei der Wahl des Fernsehprogramms und Ihre Photoshop-Verflüssigungsversuche sind sicher Ausdruck einer gewissen Unzufriedenheit. Möglicherweise stellt sich dieses Verhalten mit einem passenden Job ganz von selbst ab. Für die Zeit bis dahin hilft vielleicht der beiliegende Gutschein in Höhe von 50 Euro.

Bitte leiten Sie diesen an Ihre Frau weiter. Mit ihm kann Sie beim nächsten Mediamarkt einige DVD's kaufen um in Phasen diktatorischer Fernsehzeit ein Alternativprogramm starten zu können.

Für Ihre weitere private und berufliche Zukunft wünschen wir Ihnen alles Gute.

Mit freundlichen Grüßen

Andreas Kupka
Geschäftsleitung

Security Center
GmbH & Co. KG
Linker Kreuthweg 5

86444 Affing / Mühlhausen
Gewerbegebiet

Tel.: +49 (0) 82 07 / 959 90 0
Fax: +49 (0) 82 07 / 959 90 100
www.security-center.de
info@security-center.de

Ust-IdNr.: DE 201 857 368
St.-Nr.: 348/5994/0848
Finanzamt Witten
WEEE-Reg.-Nr.: DE65915284

Geschäftsführer: A. Kupka
Kommanditgesellschaft
Handelsregister Augsburg
Nr. HRA 13212

Pers. haftende Gesellschafterin:
ABUS Security GmbH
Handelsregister Hagen
Nr. HRB 5427

Jürgen Sprenzinger Frieda-Forster-Str. 49 86399 Straßberg

J. Sprenzinger, Frieda-Forster-Str. 49 86399 Straßberg

Firma
Wolf GmbH
z. H. Herrn Weißenbach
Industriestr. 1

84048 Mainburg

16.08.2006

Ihre Stellenanzeige in der Augsburger Allgemeinen vom 12. August 2006

Sehr geehrter Herr Weißenbach,

mit großem Interesse habe ich Ihre Stellenanzeige in der Augsburger Allgemeinen gelesen, wo Sie einen Verkaufsberater oder eine Verkaufsberaterin für den Raum Augsburg suchen.

Ihre Anzeige war zwar sehr aufschlussreich, leider muss ich Ihnen absagen und teile Ihnen hiermit mit, dass ich mich leider nicht auf diese Stelle bewerben kann. Die Gründe sind vielfältig:

Erstens hab ich von Heizungen soviel Ahnung als wenn ein Schwein in ein Uhrwerk schauen täte.

Zweitens stehe ich mit der Technik immer schon auf Kriegsfuß. Ich bin froh, dass ich allein ohne meine Frau den Elektroherd einschalten kann.

Drittens hab ich keinen blassen Schimmer von der Heizungs- und Klimabranche, weil meine Heizung nämlich immer der Hausmeister wartet.

Viertens: Mein Auftreten ist zwar sicher, aber ob ich heute noch kontaktstark bin, weiß ich nicht: Früher war das schon mal so, besonders bei den Mädels. Da habe ich viel kontaktet.

Ich hoffe, Sie werden meine Gründe akzeptiren und sind mir nicht böse.

Mit freundlichen Grüßen

J. Sprenzinger

Jürgen Sprenzinger Frieda-Forster-Str. 49 86399 Straßberg

J. Sprenzinger, Frieda-Forster-Str. 49 86399 Straßberg

Firma
AUTOMATA GmbH & CO.KG
Gewerbering 5

86510 Ried

16.08.2006

Ihre Stellenanzeige in der Augsburger Allgemeinen vom 12. August 2006

Sehr geehrte Damen und Herren,

mit großer Aufmerksamkeit und offenen Augen habe ich in Ihrer Stellenanzeige in der Augsburger Allgemeinen gelesen, dass Sie 2 Ingenieure suchen.

Ursprünglich wollte ich mich bei Ihnen bewerben, doch dann fiel mir schlagartig siedend heiß ein, dass ich leider nur 1 Ingenieur bin. Ich war bislang immer nur einer und nie zwei, obwohl es natürlich schon sehr praktisch wäre, zu zweit zu sein, dann wäre man nicht immer so allein.

Das gab für mich den Ausschlag, mich bei Ihnen nicht zu bewerben, sondern abzusagen und mich nicht in Ihr Entwicklerteam zu integrieren, da ich mich nicht in zwei Ingenieure teilen kann und will. Ich wäre auf Dauer gesehen körperlich absolut damit überlastet. Außerdem mag ich Industrieautomaten eh nicht. Spielautomaten sind mir wesentlich lieber.

Ich hoffe, Sie können meine Entscheidung nachvollziehen und haben Verständnis dafür, dass ich Ihre Stellenanzeige in meiner Zeitung hiermit als gegenstandslos betrachte. Dennoch wünsche ich Ihnen für die Zukunft viel Erfolg.

Mit freundlichen Grüßen

J. Sprenzinger

Jürgen Sprenzinger Frieda-Forster-Str. 49 86399 Straßberg

J. Sprenzinger, Frieda-Forster-Str. 49 86399 Straßberg

Firma
GEDA-Dechentreiter
z.H. Herrn Stefan Schweitzer
Mertinger Str. 60

86663 Asbach-Bäumenheim

19.08.2006

Ihre Stellenanzeige in der Augsburger Allgemeinen vom 19. August 2006

Sehr geehrter Herr Schweitzer,

herzlichen Dank, dass Sie Ihre Stellenanzeige auch in meinem Zeitungsexemplar abdrucken haben lassen – doch leider muss ich Ihnen mitteilen, dass ich selbige Anzeige als gegenstandslos betrachte und mich leider nicht bei Ihnen bewerben kann.

Der Hauptgrund ist: Ich bin keine Empfangsekretärin, sondern männlichen Geschlechtes, somit kommt Ihre Stellenanzeige für mich wegen Nichtbetreffs nicht in Frage. Ich spreche zwar Englisch, doch leider mit starkem amerikanischem Akzent, da meine große Schwester mit drei Amerikanern verheiratet war, (nicht auf einmal, sondern hintereinander) die mir als Kind immer Kaugummi geschenkt haben. Das war für mich damals ein großer Anreiz, Englisch zu lernen und diese Sprache zu meiner zweiten Muttersprache werden zu lassen.
Ich würde natürlich auch diesen ganzen Microsoft Office-Käse bedienen können, obwohl ich mit der Programmierung dieser Programme in vielerlei Hinsicht nicht einverstanden bin (ich habe dies bereits Herrn Bill Gates persönlich mitgeteilt). Das Microsoft Word zum Beispiel weist viele Mängel auf, Nur ein Beispiel: Sie können zwar ein Leerzeichen schreiben, benötigen Sie allerdings ein Spatium, dann beißt es schon aus. Vielleicht probieren Sie es mal mit Open Office. Das kann man sogar kostenlos aus dem Internet herunterladen. Ein geiles Programm, was auch unter Linux läuft.

Ich hoffe, Sie können meine Gründe für diese Absage nachvollziehen.

Mit freundlichen Grüßen

J. Sprenzinger

BÄCKEREI & KONDITOREI

Die Bäckerei Wolf, ein erfolgreiches mittelständiges Familienunternehmen, das regional in Augsburg und Umgebung tätig ist.

Unser Namen steht für erstklassige Qualität und Kundenorientierung.

Bäckerei Wolf GmbH
z.Hd. Frau Ulrike Wolf
Stuttgarter Str. 17
86154 Augsburg

Verkaufsleiter / in

Ihre Aufgaben:

- Selbstständige Betreuung und Kontrolle mehrerer Filialen
- Umsetzung von verkaufsfördernden Maßnahmen
- Optimierung der Personaleinsatzplanung
- Pflege und Anwendung des betriebsinternen Kennzahlensystems
- Verantwortung für das betriebswirtschaftliche Ergebnis der einzelnen Filialen

Wir erwarten:

- Idealerweise mehrjährige Vertriebs- und Führungserfahrung im Lebensmittel- oder Gastronomiebereich
- Soziale Kompetenz
- Durchsetzungsvermögen
- Zuverlässige und sorgfältige Arbeitsweise
- EDV-Kenntnisse (MS Office)

Sie sind gewohnt selbstständig, engagiert mit flexiblen Arbeitszeiten zu arbeiten und sind an dieser verantwortungsvollen Aufgabe interessiert? Dann senden Sie uns bitte Ihre aussagekräftigen Unterlagen mit dem möglichen Eintrittsdatum zu.

Jürgen Sprenzinger Frieda-Forster-Str. 49 86399 Straßberg

J. Sprenzinger, Frieda-Forster-Str. 49 86399 Straßberg

Bäckerei Wolf GmbH
z.H. Frau Ulrike Wolf
Stuttgarter Str. 17

86154 Augsburg

20.08.2006

Ihre Stellenanzeige in der Augsburger Allgemeinen vom 19. August 2006

Sehr geehrte Frau Wolf,

vielen Dank für Ihre Stellenanzeige in meinem Exemplar der Augsburger Allgemeinen und das Vertrauen, das Sie damit meiner Person entgegengebracht haben. Leider konnte ich aufgrund der Vielzahl der Stellenanzeigen Ihre Stellenanzeige nicht berücksichtigen und muss daher von einer Bewerbung für eine Tätigkeit in Ihrem Hause absehen, obwohl ich gerne in einer Bäckerei gearbeitet hätte, denn bereits mein Großvater war Bäcker. Sein Motto war stets: „Hast du Semmelbrösel in den Socken, bleibt selbst der größte Schweißfuß trocken!“

Dennoch hoffe ich, dass es Ihnen gelingt, einen geeigneten Mitarbeiter/eine geeignete Mitarbeiterin zu finden, die Ihren Wünschen und Vorstellungen entspricht. Ich wünsche Ihnen viel Glück und Erfolg dabei.

Mit freundlichen Grüßen

J. Sprenzinger

<u>Jürgen Sprenzinger Frieda-Forster-Str. 49 86399 Straßberg</u>

J. Sprenzinger, Frieda-Forster-Str. 49 86399 Straßberg

Firma
OTTO GmbH & Co KG
Z.H. Frau Lena Schiwek
Wandsbeker Str. 3-7

22172 Hamburg

20.08.2006

Ihre Stellenanzeige in der Süddeutschen Zeitung vom 19. August 2006

Sehr geehrte Frau Schiwek,

da mich eine Vielzahl von Stellenanzeigen erreicht hat, ist mir die Auswahl nicht leicht gefallen. Leider muss ich Ihnen mitteilen, dass ich mich zwischenzeitlich für eine andere Stellenanzeige entschieden habe.

Ich sende Ihnen deshalb Ihre Stellenanzeige zu meiner Entlastung wieder zurück.

Ich bedanke mich für Ihre Interesse an meiner Person, bedauere aber gleichzeitig, dass ich kein Teil Ihrer Erfolgsgeschichte werden kann.

Dennoch wünsche ich Ihnen für Ihren weiteren persönlichen und beruflichen Lebensweg alles Gute.

Mit freundlichen Grüßen

J. Sprenzinger

Anlage: 1 Stellenanzeige

Jürgen Sprenzinger Frieda-Forster-Str. 49 86399 Straßberg

J. Sprenzinger, Frieda-Forster-Str. 49 86399 Straßberg

Max-Planck-Institut für Sonnensystemforschung
Verwaltung
Max-Planck-Straße 2

37191 Katlenburg-Lindau

20.08.2006

Ihre Stellenanzeige in der Frankfurter Allgemeinen vom 19. August 2006

Sehr geehrte Damen und Herren,

ich beziehe mich auf Ihre Stellenanzeige vom 20. August 2006 in der Frankfurter Allgemeinen und bedanke mich für Ihr Angebot.

Ich habe Ihre Stellenanzeige sorgfältig geprüft. Leider muss ich Ihnen eine Absage erteilen, da ich für die ausgeschriebene Stelle vermutlich überqualifiziert bin. Dadurch, dass ich bereits im frühen Alter von sechs Jahren mit dem Studium der Perry Rhodan-Romane begonnen habe, sind mir Weltraumplasmen seit Kindesbeinen an ein gängiger Begriff. Später kam dann noch ein intensives Studium der bekannten Weltraumserie „Enterprise“ hinzu, ebenso der Filme „Star Wars“ und „Kampfstern Galactica“.

Momentan beschäftige ich mich mit Laserionisationsplasmen und habe mir in jahrzehntelanger mühsamer Arbeit selbst einen Staubbeschleuniger gebastelt, der die Staubteilchen so beschleunigt, dass sie annähernd die gleichen Energien aufweisen wie die Partikel im Weltraum. Begonnen hat das alles mit einem Vorwerk-Staubsauger der Marke Kobold.

Der nächste Schritt wird dann mein eigenes Teilchenspektrometer sein, allerdings habe ich hier noch Probleme mit dem Gewicht und der Unterbringung der Ablenkmagnete. Ich weiß bislang auch noch nicht, ob ich für den Beschuss des Targets Protonen oder Antiprotonen einsetzen soll. Vielleicht können Sie mir ja – unabhängig von der Absage – einen Tipp geben.

Für Ihre Forschungsarbeit jedenfalls wünsche ich Ihnen jedenfalls zukünftig alles Gute.

Mit freundlichen Grüßen

J. Sprenzinger

Wir entwickeln. Wir bewegen.
Wir wachsen. ... und was machen Sie?

Seit drei Jahrzehnten arbeiten wir auf vier Kontinenten engagiert für den globalen Unternehmenserfolg. Mit unseren innovativen Produkten aus den Bereichen Mess- und Sensortechnik/Automatisierungstechnik nehmen wir laut aktueller "The Businessweek Global 1000"-Liste einen Platz unter den erfolgreichsten 500 Unternehmen weltweit ein.

Aufgrund unserer Expansion suchen wir jeweils einen weiteren

Junior Sales Manager/Junior Sales Engineer m/w

für die Regionen: • **Regensburg/Passau** • **Heidelberg/Stuttgart oder Kaiserslautern** • **Pforzheim**
• **Kempten/Freiburg/Bodensee/Ulm** • **Giessen/Siegen/Koblenz** • **Dresden/Bamberg/Erfurt**
• **Würzburg** • **Bodensee/Villingen-Schwenningen/Donau-Eschingen** • **Regensburg**

Unser langjähriger überdurchschnittlicher Erfolg basiert auf unserer hoch motivierten Vertriebsmannschaft, der besonderen Produktqualität sowie der konsequenten Umsetzung einer klaren Konzernstrategie. Bei uns ist Berufserfahrung kein „Muss" – die Stelle ist als echte Einstiegsstelle nach der Ausbildung konzipiert.

Durch unser Coachingprogramm arbeiten wir Sie rasch und praxisorientiert ein. Wir sorgen auch für Ihre Weiterentwicklung. In zwei bis drei Jahren sollen Sie Ihre erste Führungsposition bei uns übernehmen. Bereits als „Junior" verantworten Sie schnell ein eigenes Kundengebiet. Sie finden die Wünsche und Probleme unserer Industriekunden vor Ort heraus, beraten anhand unserer breiten Produktpalette und werden mit IhremTeam auch im Marketing aktiv.

Wir legen größten Wert auf Sie selbst – Freude an Kundenbesuchen, der Kommunikation mit unterschiedlichen Ansprechpartnern, sowie klare Zielvorgaben sollten Sie motivieren, Ihr Bestes zu geben. Als geeigneter Bewerber ist ein abgeschlossenes Hochschulstudium im Bereich Wirtschaft oder Technik wesentlich für Ihren Erfolg bei uns. Aufgrund der englischen Coachingsprache sollten Sie über gute Englischkenntnisse verfügen.

Ein leistungsorientiertes Vergütungssystem mit sehr guten Perspektiven ist ebenso selbstverständlich wie ein Firmenwagen – auch zu Ihrer privaten Nutzung – ab dem ersten Tag.

Vorstellungen getroffen? Nutzen Sie für Ihre Bewerbung zunächst bitte unser Kontaktformular auf unserer Homepage **http://bewerbung.keyence.de/125/** oder direkt per E-Mail an Frau Nathalie Müller: **recruitment@keyence.de**

Personalberatung GMConsultingpartner, Frau Ass. Jur. Nathalie Müller,
Mylauer Str. 38, 71111 Waldenbuch, Germany, Tel.: +49 (0) 71 57/53 46 84,
e-mail: nmueller@gmconsultingpartner.de, www.gmconsultingpartner.de

KEYENCE

Keyence Deutschland GmbH · www.keyence.de
Siemensstraße 1 · D-63263 Neu-Isenburg

Jürgen Sprenzinger Frieda-Forster-Str. 49 86399 Straßberg

J. Sprenzinger, Frieda-Forster-Str. 49 86399 Straßberg

Keyence Deutschland GmbH
Personalabteilung
Siemensstr. 1

63263 Neu-Isenburg

21.08.2006

Ihre Stellenanzeige in der Süddeutschen Zeitung vom 19. August 2006

Sehr geehrte Damen und Herren,

mit Interesse habe ich Ihre Stellenanzeige vom 20.08.2006 in der Süddeutschen Zeitung gelesen.

Sie schreiben, Sie würden entwickeln, bewegen, wachsen. Und fragen mich dann, was ich mache. Da Sie das anscheinend interessiert, schreibe ich es Ihnen halt, weil ich nichts zu verbergen habe:

Na ja, ich geh viel mit dem Hund spazieren, ich fotografiere, spiele Schach, nebenbei bin ich noch im Theaterverein, und ab und zu surfe ich im Internet. Dazu schreibe ich lyrische Gedichte. Und außerdem les ich wahnsinnig viel. Ich hab ungefähr 2000 Bücher.

Für Ihre Stellenanzeige muss ich Ihnen leider eine Absage erteilen, da ich zwar vermutlich die nötigen Qualifikationen hätte, doch dummerweise wohne ich nicht in den von Ihnen bevorzugten Gebieten. Und ich kann ja wegen Ihnen nicht umziehen, schon auch deshalb, weil mein Hund schon zu alt ist und er sich an eine neue Umgebung überhaupt nicht mehr gewöhnen täte.

Mit freundlichen Grüßen

J. Sprenzinger

Jürgen Sprenzinger   Frieda-Forster-Str. 49   86399 Straßberg

J. Sprenzinger, Frieda-Forster-Str. 49 86399 Straßberg

Wanzl Metallwarenfabrik GmbH
z.H. Herrn Klaus Lorenz
Bubesheimer Str. 4

89340 Leipheim

20.08.2006

Ihre Stellenanzeige in der Augsburger Allgemeinen vom 19. August 2006

Sehr geehrter Herr Lorenz,

herzlichen Dank für Ihre Stellenanzeige in meinem Exemplar der Augsburger Allgemeinen, die ich als sehr positiv empfunden habe. Leider kann ich mich bei Ihnen momentan nicht bewerben, da ich mich schon anderweitig beworben habe, obwohl ich durchaus in Ihr Berufsbild passen würde.

Bitte bewerten Sie diese Absage jedoch nicht als nachteilige Beurteilung Ihres von mir sehr geschätzten Unternehmens oder Ihrer Produkte. Immer wenn ich zum Aldi gehe und einen Einkaufswagen benutze, kommt mir Ihr Unternehmen in den Sinn und ich singe dann leise die bekannten Verszeilen: „Ich nehm' vom Wanzl einen Wagen, denn ohne Wanzl müsst ich's tragen." Ich bin mir sicher, dass Sie, bedingt durch ihren hohen Qualitätsstandard schnell einen geeigneten Mitarbeiter finden werden.

Ich wünsche Ihnen für Ihren weiteren Lebensweg und das Wohl Ihres Unternehmens alles Gute.

Mit freundlichen Grüßen

J. Sprenzinger

wanzl

Wanzl, Postfach 1129, 89336 Leipheim, Germany

Herrn
Jürgen Sprenzinger
Frieda-Forster-Str. 49
86399 Straßberg

Wanzl Metallwarenfabrik GmbH
Bubesheimer Straße 4
89340 Leipheim, Germany

Phone +49(0)8221/729-0
Fax +49(0)8221/729-100

info@wanzl.de
www.wanzl.com

Ansprechpartner: **Ralf Klaus Lorenz**
Abteilung: **Leiter Personalwesen**
Datum: **16.01.2007**
Telefon-Direktwahl: **08221/729-6135**
Telefax-Direktwahl: **08221/729-90-135**

Ihr Schreiben aufgrund unserer Stellenausschreibung

Sehr geehrter Herr Sprenzinger,

vielen Dank für Ihren Brief aufgrund unserer Stellensuchanzeige in Ihrer Augsburger Allgemeinen. Wir bedauern sehr, dass Sie uns Ihre Bewerbungsunterlagen nicht zur Verfügung stellen konnten, da Sie sich anderweitig beworben haben.

Wir wünschen Ihnen jedoch für Ihr neues Arbeitsverhältnis viel Erfolg.

Freundliche Grüße

Wanzl
Metallwarenfabrik GmbH

i.A. Rieder
Ralf Klaus Lorenz

Jetzt kommt

Hochspannung

nach Augsburg!

Die TM Teleservice eröffnet am 1. September 2006 eine neue Niederlassung. Wir suchen

30 Mitarbeiter (m/w)

für den Telefonvertrieb zum sofortigen Einstieg.

Wir sind ein expandierendes, etabliertes Unternehmen und bieten exzellente Karrierechancen mit leistungsgerechter Bezahlung.

Sie
- sind team- und begeisterungsfähig
- sind verkaufs- und serviceorientiert
- sind verantwortungsbewußt
- haben eine positive Ausstrahlung
- telefonieren gerne.

Rufen Sie zu einer ersten Information und Kurzbewerbung in unserer Zentrale in Reutlingen an, die Bewerbungsgespräche finden in Augsburg statt.

Telefon: **0 71 21/34 42 03** Barbara Hirsch
TM Teleservice GmbH, Curt-Frenzel-Str. 12, **86167 Augsburg**
Ein Unternehmen der Telemarkt Gruppe. Seit 1987 am Markt.

Jürgen Sprenzinger Frieda-Forster-Str. 49 86399 Straßberg

J. Sprenzinger, Frieda-Forster-Str. 49 86399 Straßberg

Firma
TM Teleservice GmbH
z. H. Frau Barbara Hirsch
Curt-Frenzel-Str. 12

86167 Augsburg

19.08.2006

Ihre Stellenanzeige in der Augsburger Allgemeinen vom 19. August 2006

Sehr geehrte Frau Hirsch,

mit hochgespanntem Interesse habe ich Ihre Stellenanzeige in der Augsburger Allgemeinen gelesen, da Sie schreiben, jetzt käme Hochspannung nach Augsburg.

Leider muss ich Ihnen jedoch hiermit mitteilen, dass ich mich nicht bei Ihnen bewerben kann, so gerne ich es auch getan hätte. Die Gründe:

Schon seit meiner Kindheit stehe ich allem, was mit Hochspannung zu tun hat, absolut skeptisch gegenüber. Ich habe als Kind mal mit einer Gabel in der Steckdose herumgebohrt und hab dann einen elektrischen Schlag bekommen, dass mir Hören und Sehen vergangen ist. Ich war daraufhin etwa vier Wochen lang aufgeladen wie ein Akku.

Ansonsten hätte ich nämlich fast alle Voraussetzungen: Ich habe eine positive Ausstrahlung (die Folge von dem elektrischen Schlag damals als Kind), ich telefoniere gerne, sogar leidenschaftlich. Am liebsten mit meiner Tante Erna aus Nürnberg, was meine Lieblingstante ist. Da komme ich oft vier Stunden nicht vom Telefon weg. Gott sei Dank habe ich ein tragbares Telefon, so dass ich zwischendurch auch auf die Toilette kann und Tante

Erna sozusagen mitnehmen, wobei ich erst nach dem Ende des Telefonats die Spülung betätige, weil sonst Tante Erna merkt, dass ich sie mit aufs Klo genommen habe. Und das wäre ihr vermutlich peinlich. So etwas möchte ich der alten Dame ersparen. Sie wird im Oktober übrigens 84.

Ich hoffe, Sie haben für meine Absage Verständnis.

Mit freundlichen Grüßen

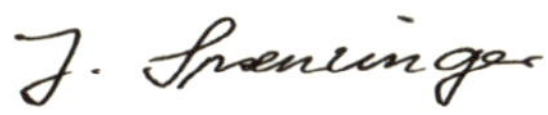

3SOFT

Member of the Elektrobit Group

ZUKUNFT serienmäßig!

Als führender Anbieter von Embedded-Software-Lösungen decken wir den kompletten SW-Entwicklungsprozess im Bereich automobiles Infotainment ab. Dazu definieren wir Plattformen, entwerfen werkzeuggestützt grafische Bedienoberflächen sowie neuartige Applikationen und bringen sie gemeinsam mit dem Kfz-Hersteller und Automobilzulieferer in Serie.
Für unsere **Standorte München** und **Ingolstadt** suchen wir

Projekt-/Teamleiter (m/w)
Automobiles Infotainment

Sie haben bereits folgendes Know-how:
- Mit der Leitung von komplexen Projekten und deren erfolgreichen Abschluss
- Mindestens zwei bis drei Jahre Berufserfahrung im Softwareengineering
- Idealerweise Kenntnisse im Automotive-Umfeld und im Software-Architektur-Design

Wir erwarten von Ihnen:
- Ein relevantes Hochschulstudium
- Gute Englisch- und sehr gute Deutschkenntnisse
- Mindestens zwei Jahre Berufserfahrung
- Kundenorientierte Arbeitsweise
- Kommunikationsstärke

Wir bieten Ihnen:
- Ein motivierendes Arbeitsumfeld
- Eine anspruchsvolle und vielseitige Tätigkeit
- Eigenständige und eigenverantwortliche Arbeitsmöglichkeiten

Interessiert?
Dann **bewerben** Sie sich bitte vorzugsweise über das **Jobportal** auf unserer Homepage.

Wir schätzen Ihre Eigenverantwortung und Ihre Bereitschaft, die eigenen Stärken zu entdecken. Sie handeln kundenorientiert und arbeiten gern im Team. Ihre persönliche Weiterbildung planen wir gemeinsam und verbindlich.
Entscheiden Sie selbst, wann Sie am effektivsten agieren und wie stark Sie unsere Firmenkultur aktiv mitgestalten wollen.

Wir freuen uns auf Ihre Bewerbung an:

Jan Schroer
3SOFT GmbH
Frauenweiherstraße 14
91058 Erlangen-Tennenlohe
Tel. 0 91 31-77 01-516
Jan.Schroer@3SOFT.de

Jürgen Sprenzinger   Frieda-Forster-Str. 49   86399 Straßberg

J. Sprenzinger, Frieda-Forster-Str. 49 86399 Straßberg

3Soft GmbH
z.H. Herrn Jan Schroer
Frauenweiherstraße 14

91058 Erlangen-Tennenlohe

20.08.2006

Ihre Stellenanzeige in der Frankfurter Allgemeinen vom 19. August 2006

Sehr geehrter Herr Schroer,

zu meinem Bedauern muss ich Ihnen mitteilen, dass ich Ihre Stellenanzeige in der Frankfurter Allgemeinen vom 19.08.2006 nicht berücksichtigen kann, da ich mich bereits anderweitig beworben habe.

Ausschlaggebend war für mich, dass Sie zwar ein motivierendes Arbeitsumfeld, eine anspruchsvolle und vielseitige Tätigkeit und eigenständige, eigenverantwortliche Arbeitsmöglichkeiten bieten, jedoch kein Gehalt. Das ist nirgends beschrieben.

Wie Sie selbst wissen, braucht man zum Leben nicht nur ein motivierendes Arbeitsumfeld, eine anspruchsvolle, vielseitige Tätigkeit und eigenständige, eigenverantwortliche Arbeitsmöglichkeiten, sondern auch Kohle. Ohne Kohle läuft heutzutage gar nichts mehr.

Ich hoffe, Sie können die Gründe für meine Entscheidung akzeptieren.

Mit freundlichen Grüßen

J. Sprenzinger

Ihr Engagement für Europas größten Automobilclub

ADAC

Für unsere verkehrspolitische Interessenvertretung suchen wir einen (w/m)

Wirtschaftswissenschaftler / Verkehrswissenschaftler

Offen sein für neue Herausforderungen. Gemeinsam anspruchsvolle Ziele realisieren. Chancen wahrnehmen.

Wir bieten Ihnen ein interessantes und verantwortungsvolles Aufgabengebiet. Mit Ihren verkehrswirtschaftlichen bzw. -politischen Kenntnissen und Erfahrungen helfen Sie mit, die Bedürfnisse unserer Mitglieder nach bedarfsgerechter Mobilität, leistungsfähiger Infrastruktur, tragbaren Autohaltungskosten und einem fairen Abgabensystem in attraktive Leistungsangebote und erfolgreiche Interessenvertretung gegenüber Politik, Verwaltung und Wirtschaft umzusetzen.

Wissen zahlt sich aus. Sie verfügen neben Ihrem Hochschulabschluss über praktische Erfahrungen in Konzeption und Durchführung der Interessenvertretung – national wie international. Sie haben Berufserfahrung im Verbandswesen oder in der Verkehrswirtschaft und die Fähigkeit zur Arbeit in einem interdisziplinären Team. Zu Ihren persönlichen Stärken zählen analytisches Denkvermögen und die Fähigkeit, Kerninhalte komplizierter Sachthemen zu vermitteln und zu kommunizieren.

Wenn Sie eine vielseitige Aufgabe mit Gestaltungsspielraum suchen, würden wir Sie gerne kennen lernen und freuen uns auf Ihre aussagefähige Bewerbung unter Angabe Ihres Gehaltswunsches und des möglichen Eintrittstermins.

Der ADAC im Internet: www.adac.de/stellenmarkt

TOP-Arbeitgeber 2006
karriere

ADAC e.V.
Personal
Helmut Dauhrer
Am Westpark 8
81373 München

ADAC

Jürgen Sprenzinger Frieda-Forster-Str. 49 86399 Straßberg

J. Sprenzinger, Frieda-Forster-Str. 49 86399 Straßberg

ADAC e.V.
z.H. Herrn Helmut Dauhrer
Am Westpark 8

81373 München

20.08.2006

Ihre Stellenanzeige in der Süddeutschen Zeitung vom 19. August 2006

Sehr geehrter Herr Dauhrer,

ich beziehe mich auf Ihre Stellenanzeige in der Süddeutschen Zeitung vom 19.08.2006.

Mittlerweile sind mir noch weitere Stellenanzeigen ins Haus geflattert.

Ich habe letztlich doch eine Stellenanzeige gefunden, die meinen spezifischen Kenntnissen weit mehr entspricht als die Ihrige und mich dort beworben.

Deshalb muss ich Ihre Stellenanzeige leider als gegenstandslos betrachten.

Ich wünsche Ihnen für die Zukunft alles Gute.

Mit freundlichen Grüßen

J. Sprenzinger

You'll never find more
space for your ideas!

Jürgen Sprenzinger Frieda-Forster-Str. 49 86399 Straßberg

J. Sprenzinger, Frieda-Forster-Str. 49 86399 Straßberg

Airbus Deutschland GmbH
Personalabteilung

21129 Hamburg

20.08.2006

Ihre Stellenanzeige in der Frankfurter Allgemeinen vom 19. August 2006

Sehr geehrte Damen und Herren,

Ihre Stellenanzeige habe ich mit Interesse gelesen. Nach gründlicher Überlegung bin ich aber zu dem Schluss gekommen, dass ich mich leider nicht bei Ihnen bewerben kann.

Begründung:

Ihr Slogan, dass ich niemals mehr Platz für meine Ideen finden würde als in Ihrem Flugzeug, mag vielleicht stimmen, dennoch: Wenn ich an dem Flugzeug mitentwickeln würde, wozu ich durchaus in der Lage wäre, denn ich bin seit dem Jahre 1956 Modellflugzeugbauer, könnte ich ein riesiges Problem bekommen.

Ich sage es Ihnen nämlich, wie es ist: Irgendwann kommt so ein Vogel unkontrolliert runter. Und das ist nur eine Frage der Zeit. Das hängt mit dem Gesetz der Serie zusammen – und dann würden Sie mich wahrscheinlich dafür verantwortlich machen, denn einen Sündenbock braucht man ja bekanntlich immer. Ich habe aber schon genug den Kopf für andere hingehalten, irgendwann muss einfach damit Schluss sein! Die Verantwortung, die ich damit auf mich nähme, könnten Sie mir überhaupt gar nicht bezahlen.

Ich hoffe, Sie können meine Gründe akzeptieren.

Für Ihr Flugzeugmodell wünsche ich Ihnen viel Erfolg.

Mit freundlichen Grüßen

J. Sprenzinger

Jürgen Sprenzinger Frieda-Forster-Str. 49 86399 Straßberg

J. Sprenzinger, Frieda-Forster-Str. 49 86399 Straßberg

AMB Generali Holding AG
Abteilung Personal und Soziales
z.H. Frau Birgit Schwanen
Maria-Theresia-Allee 38

52064 Aachen

21.08.2006

Ihre Stellenanzeige in der Frankfurter Allgemeinen vom 19. August 2006

Sehr geehrte Frau Schwanen,

vielen Dank für Ihre Stellenanzeige in der Frankfurter Allgemeinen vom 19. August 2006 und für Ihre Eigeninitiative, eine solche in dieser weitverbreiteten Publikation zu platzieren, auch wenn ich momentan überhaupt keine Stelle suche. Sie hinterließen bei mir einen sehr positiven Eindruck.

Wie schon bemerkt, kann ich mich leider nicht bei Ihnen bewerben, da ich keine Stelle suche und lediglich zufällig auf Ihre Stellenanzeige gestoßen bin.

Beigefügt erhalten Sie Ihre Stellenanzeige zurück. Ich wünsche Ihnen ob Ihrer couragierten Vorgehensweise bei der Mitarbeitersuche viel Erfolg.

Mit freundlichen Grüßen

J. Sprenzinger

Anlage: 1 Stellenanzeige

Energiequelle gesucht!

Esso, als Teil eines weltweit tätigen Mineralölkonzerns, betreibt ein ausgedehntes Tankstellennetz. Um die Potentiale in diesem Geschäftszweig auszuschöpfen, suchen wir für die tatkräftige und erfolgsorientierte Leitung moderner Esso Stationen im **Rhein-Main-Gebiet** und im **Großraum München** engagierte

Filialleiter/innen und stellvertretende Filialleiter/innen

Mit dieser Position übernehmen Sie Verantwortung für

- die erfolgs- und kundenorientierte Leitung einer modernen Tankstelle mit integriertem Shop
- die Überwachung und Kontrolle sämtlicher Geschäftsabläufe
- die Auswahl sowie die Ausbildung eines qualifizierten und motivierten Teams

Erwartet wird

- eine abgeschlossene Ausbildung im Einzelhandel, in der Systemgastronomie oder eine vergleichbare Qualifikation
- Erfahrung in der Mitarbeiterführung und Freude, ein Team zu motivieren und zielgerichtet anzuleiten
- Flexibilität und Belastbarkeit
- Gespür für eine kundenfreundliche Atmosphäre
- gültige Fahrerlaubnis der Klasse B

Dieses Profil trifft auf Sie zu und Sie wollen als Angestellte/r die Verantwortung für eine Esso Station übernehmen? Wir bieten Ihnen eine herausfordernde Tätigkeit mit vielseitigen Aufgaben, weitreichenden Entwicklungsmöglichkeiten und eine attraktive sowie leistungsorientierte Bezahlung in einem dynamischen Unternehmen.

Wir freuen uns auf Ihre Bewerbung unter Angabe Ihrer Gehaltsvorstellung und des frühesmöglichen Eintrittstermins:

Retail Operating Company Deutschland GmbH
Barbara Estermann
c/o Ecos Office Center
Kölner Straße 10
65760 Eschborn

roc.germany.recruiting@exxonmobil.com

Esso

Mitglied der ExxonMobil Organisation

Jürgen Sprenzinger Frieda-Forster-Str. 49 86399 Straßberg

J. Sprenzinger, Frieda-Forster-Str. 49 86399 Straßberg

Retail Operating Company Deutschland
z.H. Frau Barbara Estermann
c/o Ecos Office Center
Kölner Str. 10

65760 Eschborn

21.08.2006

Ihre Stellenanzeige in der Frankfurter Allgemeinen vom 19. August 2006

Sehr geehrte Frau Estermann,

Ihre Stellenanzeige in der Frankfurter Allgemeinen habe ich mit großem Interesse gelesen. Gerne würde ich die Leitung einer Esso-Tankstelle im Raum München übernehmen. Doch leider muss ich Ihnen hiermit mitteilen, dass ich mich nicht bei Ihnen bewerben kann und zwar aus folgenden Gründen:

Vor etwa drei Jahren hat mein Internist bei mir eine Schlauch-Allergie diagnostiziert. Sobald ich mit einem Schlauch in Berührung komme, krieg sich sofort einen Ausschlag. Ich vermute, dass sich in so einer Tankstelle eine Schlauchberührung nicht vermeiden lässt.
Deswegen benutze ich auch so gut wie nie einen Gartenschlauch, sondern bin gezwungen, meinen Garten mit der Gießkanne zu gießen. Ich kann nicht mal Kondome benutzen (schlauchähnlich). Selbst gegen Fahrradschläuche und Schläuche von Hochdruckreinigern bin ich allergisch. Am Schlimmsten ist es aber bei Hydraulikschläuchen – sie wissen schon, solche, die an den Baumaschinen und Baggern dran sind. Allein wenn ich mir vorstelle, unter welchem Druck die stehen, dann wird mir kotzübel – und sofort kommt der Ausschlag, allein schon von der Vorstellung!

Wo genau die Ursache dafür liegt, ist bislang nicht bekannt, es könnte aber durchaus sein, dass dies psychosomatische Hintergründe hat.

Möglicherweise kommt es auch daher, weil ich in meiner Kindheit unwahrscheinliche Mengen von grünen langen Spinat-Rohrnudeln essen musste, die ja auch schlauchähnlich sind. Vermutlich hat sich damals ein Trauma etabliert.

Ich hoffe, Sie nehmen mir meine Entscheidung nicht übel.

Mit freundlichen Grüßen

J. Sprenzinger

Deutscher Bundestag

Die Verwaltung des Deutschen Bundestages ist eine oberste Bundesbehörde, die dem Verfassungsorgan Deutscher Bundestag bei der Erfüllung seiner umfassenden gesetzgeberischen und kontrollierenden Aufgaben inhaltlich und organisatorisch zuarbeitet.

Für das Referat PuK 1 – Presse, Rundfunk und Fernsehen – suchen wir zur sofortigen Einstellung

eine Referatsleiterin/einen Referatsleiter

mit abgeschlossenem Studium an einer wissenschaftlichen Hochschule und mit einer – insbesondere im Hinblick auf eine Berichterstattung über die Arbeit der Legislative – einschlägigen Berufserfahrung als Pressesprecher/in oder Journalist/in.

Zu den Aufgaben zählt die Leitung des Referates PuK 1, das schwerpunktmäßig für die Kontaktpflege zu Medienvertretern, für die Erteilung von Auskünften und Stellungnahmen gegenüber Journalisten, für das Abfassen von Pressemitteilungen und das Vorbereiten und Leiten von Pressekonferenzen und Hintergrundgesprächen zuständig ist. Ferner umfasst das Aufgabengebiet des Referates neben der Konzeption, Vorbereitung und Begleitung von Presseterminen der Mitglieder des Präsidiums sowie dem Vorbereiten von Namensartikeln auch die Redaktion von Interviews und die Unterrichtung der Leitung des Hauses über die Presselage. Darüber hinaus verantwortet der Bereich die medienmäßige Aufbereitung bzw. Vorbereitung besonderer parlamentarisch-politischer Ereignisse sowie die Berichterstattung über internationale Begegnungen der Mitglieder des Präsidiums.

Neben langjährigen Erfahrungen in den genannten Aufgabenbereichen – vorzugsweise in der Öffentlichen Verwaltung – verfügen Sie sowohl über Kenntnisse der Medienstrukturen als auch über die Sensibilität und Durchsetzungsfähigkeit im Umgang mit Medienvertretern. Darüber hinaus können Sie nicht nur juristische Kenntnisse, sondern auch Kenntnisse parlamentarischer Abläufe vorweisen. Eine Fähigkeit zum schnellen Erfassen schwieriger und ständig wechselnder Materien sowie zum flüssigen und klaren Erläutern komplizierter Sachverhalte wird ebenso vorausgesetzt wie Organisationstalent, Verhandlungsgeschick und eine hohe Flexibilität und Belastbarkeit auch unter hohem Zeitdruck. Erwartet werden zudem gute englische und/oder französische Sprachkenntnisse. Wenn Sie darüber hinaus bereit sind, Reisen der Mitglieder des Präsidiums zu begleiten und insbesondere ein erhebliches Maß an Überstunden einschließlich Wochenendrufbereitschaft zu leisten, können wir uns eine Zusammenarbeit mit Ihnen vorstellen.

Neben den üblichen Leistungen einer obersten Bundesbehörde wird ein außertarifliches Entgelt nach dem Tarifvertrag für den öffentlichen Dienst (TVöD) entsprechend der Besoldungsgruppe A 16 BBesO gewährt. Der Dienstposten ist nach A 16/B 3 BBesO bewertet.

Die Verwaltung des Deutschen Bundestages gewährleistet die berufliche Gleichstellung von Frauen und Männern und ist bestrebt, den Anteil weiblicher Beschäftigter im genannten Beschäftigungsbereich zu erhöhen. Bewerbungen von Frauen sind daher ausdrücklich erwünscht.

Die Verwaltung des Deutschen Bundestages sieht sich der Gleichstellung von schwerbehinderten und nicht schwerbehinderten Beschäftigten in besonderer Weise verpflichtet und begrüßt deshalb Bewerbungen schwerbehinderter Menschen. Bei gleicher Eignung werden Bewerbungen schwerbehinderter Menschen bevorzugt berücksichtigt.

Auskunft erteilen: Frau Dr. Lang, Tel.: (030) 227-33050
Frau Henning, Tel.: (030) 227-33457

Bitte senden Sie Ihre aussagekräftigen Bewerbungsunterlagen in schriftlicher Form unter Angabe der Kennziffer PuK 1/L bis zum **11. September 2006** an:

Deutscher Bundestag • Verwaltung • Personalreferat ZV 1
Platz der Republik 1 • 11011 Berlin

Jürgen Sprenzinger Frieda-Forster-Str. 49 86399 Straßberg

J. Sprenzinger, Frieda-Forster-Str. 49 86399 Straßberg

Deutscher Bundestag
Verwaltung Personalreferat ZV 1
Platz der Republik 1

11011 Berlin

27.08.2006

Ihre Stellenanzeige in der Frankfurter Allgemeinen vom 26. August 2006 / Referatsleiter

Sehr geehrte Damen, sehr geehrte Herren,

mit großem, um nicht zu sagen, fast gespanntem Interesse habe ich – und das versichere ich Ihnen – ihre Stellen -, ja, um es einmal ganz deutlich zu sagen: Stellenanzeige gelesen. Ich bedauere es aber oder möchte es so ausdrücken: Leider muss ich ihnen sagen, meine sehr verehrten Damen und Herren – es ist so, aber wir können es alle nicht ändern und auch Frau Bundkanzlerin Merkel wird mir diesbezüglich Verständnis entgegenbringen müssen: Ich bin momentan aus zeitlichen und persönlichen Gründen nicht in der Lage, mich in Ihrem hohen Hause zu bewerben. Es ist für mich, meine sehr geehrten Damen und Herren, in gleichem Maße bedauerlich wie für Sie auch – denn, und das stelle ich hier mit übergroßer Deutlichkeit fest: Ich wäre ein Mitarbeiter ohne Furcht und Tadel, eloquent, voll medienstrukturiert, sowie von – und das ist keinesfalls übertrieben, verehrte Parteifreunde – Kindesbeinen an darauf trainiert, komplexe, um nicht zu sagen, sogar komplizierte Vorgänge und Sachverhalte dergestalt vereinfacht darzustellen, dass das Deutsche Volk selbige nicht nur begreift, sondern sogar wohlwollend – und ich übertreibe keinesfalls, wenn ich sage: Nicht nur wohlwollend, sondern in höchstem Maße begeistert – in seinem Herzen aufnimmt und weiterträgt.

Sehr geehrte Damen und Herren, liebe Parteifreunde,

ich will Ihnen – und genau das wollte ich Ihnen schon immer – denn Sie haben ein Recht darauf, meine sehr verehrten Damen und Herren!

Gerade die Verwaltung des Deutschen Bundestages ist – und Sie hätten es selbst nicht besser ausdrücken können, meine Damen und Herren – eine Bundesbehörde, die dem Verfassungsorgan Deutscher Bundestag bei der Erfüllung seiner umfassenden gesetzgeberischen und kontrollierenden Aufgaben inhaltlich und organisatorisch zuarbeitet und genau deshalb sage ich Ihnen: Nicht ich bin schuld an dieser Nichtbewerbung, sondern und möchte ich hiermit ausdrücklich betonen: Mein Hund ist schuld! Denn gerade er, jetzt eben im stolzen Alter von vierzehn Jahren – gerade er, meine verehrten Damen und Herren, dieser treue Freund in all den langen, politisch wechsel- und ereignisreichen Jahren, genügsam, wachsam, mit all seinen Sinnen und vier aufrechten Pfoten im Leben stehend – er – und das versichere ich Ihnen bei meiner Ehre – würde einem Umzug nach Berlin nicht – nun – wie soll ich es ausdrücken – ja – verkraften!

Und das nicht nur in seelischer Hinsicht, meine Damen und Herren. Darin geht sogar Frau Gesundheitsministerin Ulla Schmidt mit mir absolut solidarisch.

Ich wünsche Ihnen – und da können Sie mich beim Wort nehmen – aufrichtig – und ich möchte es noch einmal betonen: aufrichtig – Erfolg bei der Mitarbeitersuche und bin mir sicher, Sie werden erfolgreich sein. Schauen wir hoffnungsvoll nach vorne, meine Damen und Herren!

Mit freundlichen Grüßen

Stadt Mönchengladbach

Die Stadt Mönchengladbach (267000 Einwohner) sucht zum nächstmöglichen Zeitpunkt

eine/einen Beigeordnete/n

Besoldungsgruppe B 5 BBesG

für Bildung, Kultur und Sport.

Das Dezernat umfasst das Kulturbüro und die Fachbereiche Schule und Sport, Theater, Bibliothek und Archiv, Museen, Weiterbildung und Musik., Eine Änderung der Geschäftsverteilung bleibt vorbehalten.

Die Einstellung erfolgt unter Berufung in das Beamtenverhältnis auf Zeit für die Dauer von acht Jahren.

Bewerberinnen/Bewerber müssen die für das Amt erforderlichen fachlichen Voraussetzungen erfüllen und eine ausreichende Erfahrung für dieses Amt nachweisen.

Die Eingruppierung richtet sich nach § 2 der Verordnung über die Eingruppierung der kommunalen Wahlbeamten auf Zeit und die Gewährung von Aufwandsentschädigungen durch die Gemeinden und Gemeindeverbände (Eingruppierungsverordnung) vom 9. Februar 1979 in der heute gültigen Fassung.

Mönchengladbach ist eine sympathische Großstadt im Grünen mit hoher Wohn- und Lebensqualität. Als größte Stadt am linken Niederrhein ist Mönchengladbach Oberzentrum für ca. 600000 Menschen. Mönchengladbach verfügt über gut ausgebaute Bildungseinrichtungen, eine gute Gesundheitsversorgung, ein breites Kultur- und Sportangebot und beste Verkehrsanbindung.

Bewerbungen von Frauen sind ausdrücklich erwünscht. Bei gleicher Eignung, Befähigung und fachlicher Leistung werden Frauen bevorzugt, sofern nicht in der Person des Mitbewerbers liegende Gründe überwiegen.

Bewerbungen richten Sie bitte unter Angabe des Stichwortes **„Ausschreibung Beigeordnete/r“** und unter Beifügung eines tabellarischen Lebenslaufes, eines Lichtbildes sowie Tätigkeitsnachweisen und beglaubigter Zeugnisabschriften bis spätestens **15. September 2006** an den:

Oberbürgermeister der Stadt Mönchengladbach
Norbert Bude
– persönlich –
41050 Mönchengladbach

Jürgen Sprenzinger Frieda-Forster-Str. 49 86399 Straßberg

J. Sprenzinger, Frieda-Forster-Str. 49 86399 Straßberg

An den Oberbürgermeister
der Stadt Mönchengladbach
Herrn Norbert Bude

41050 Mönchengladbach

23.08.2006

Ihre Stellenanzeige in der Frankfurter Allgemeinen vom 19. August 2006
Ausschreibung Beigeordnete/r

Sehr geehrter Herr Oberbürgermeister,

sehr interessiert habe ich Ihre Stellenanzeige in der Frankfurter Allgemeinen gelesen und war sofort begeistert.

Leider muss ich Ihnen aber mitteilen, dass ich mich um diese Stelle nicht bewerben kann, da einige schwerwiegende Gründe dagegen sprechen:

Mein Hund wird jetzt 14 Jahre alt und einen Umzug würde selbiger seelisch und körperlich nicht verkraften. Zudem ist mein Hund sehr stark bayerisch orientiert und ich wüsste nicht, ob er sich in Mönchengladbach sehr wohl fühlen würde.

Zum Zweiten kommt dazu, dass meine Tante Erika nun schon ziemlich betagt ist, außer mir niemanden mehr hat und ich mich um die alte Dame kümmern muss. Da es sich zudem auch noch um eine betuchte Erbtante handelt, wäre es von mir geradezu verantwortungslos, jetzt ausgerechnet nach Mönchengladbach zu ziehen.

Ich hoffe, Sie verstehen meine Hinderungsgründe. Ich bin dennoch sicher, dass Sie einen geeigneten Mitarbeiter finden, der den Job zu Ihrer Zufriedenheit machen kann.

Ihnen wünsche ich alles Gute.

Mit freundlichen Grüßen

J. Sprenzinger

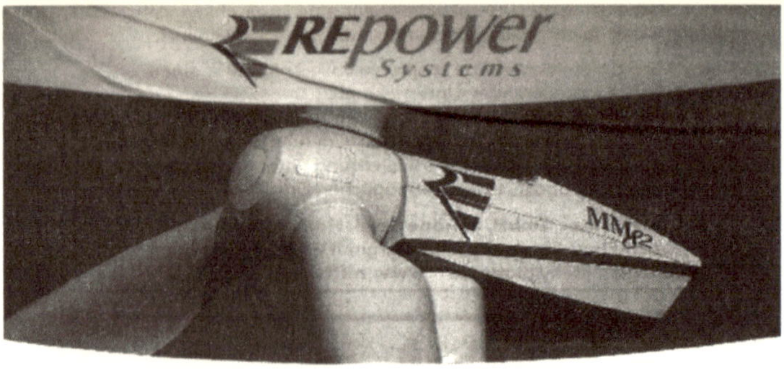

Wir brauchen Ihre Power!

Hightech entwickeln, Zukunft gestalten, Menschen bewegen: Mit über 640 Mitarbeiterinnen und Mitarbeitern bringen wir an fünf Standorten in Deutschland frischen Wind in die Energiebranche. Wir entwickeln, produzieren und vertreiben innovative Windenergie-Großanlagen und expandieren erfolgreich, auch in internationalen Märkten.

Sie suchen eine sichere Startposition in der Zukunftsbranche Windenergie? Dann brauchen wir an unserem **Standort Rendsburg** jetzt Ihre ganze Energie als

Leiter/in Entwicklung/Konstruktion
Multimegawattbaureihe

Ihre Aufgaben:

- verantwortliche Leitung der Konstruktionsgruppe für Multimegawattanlagen
- technische Produkt- und Projektmanagementfunktion für die genannte Baureihe
- Weiterentwicklung und Optimierung der Anlagen in Abstimmung mit Kundenanforderungen sowie Gewährleistung der Serientauglichkeit durch einwandfreies Änderungsmanagement und einer lückenlosen technischen Dokumentation
- Koordination sämtlicher für die Baureihe verantwortlichen Gewerke sowie enge Zusammenarbeit mit Lieferanten und Entwicklungspartnern
- Projektcontrolling
- technische Beratung des Vertriebs und der Kunden

Ihr Profil:

- abgeschlossenes Studium des Maschinenbaus, alternativ: Abschluss in einer anderen technisch artverwandten Disziplin
- mehrjährige operative Entwicklungs-/Konstruktionserfahrung im internationalen Maschinen-/Anlagenbau, Erfahrungen in der Windkraftbranche vorteilhaft
- Sensibilität für Termine, Kosten, Machbarkeiten
- solides Basiswissen in der Elektrotechnik sowie Kenntnis gängiger CAD-Systeme
- sehr gutes Projektmanagement-Know-how
- sichere Englischkenntnisse in Wort und Schrift
- Höhentauglichkeit
- Bereitschaft zu Dienstreisen ins In- und Ausland

Wenn Sie gern frischen Wind im Job spüren und sich wie wir für saubere Energien begeistern, ist Ihr nächster Schritt jetzt ganz klar: Schicken Sie Ihre vollständige Bewerbung unter Angabe der **Kennziffer 294/1** in Windeseile an:

REpower Systems AG • Bereich Personal • Brigitte Jainz
Rödemis Hallig • 25813 Husum
E-Mail: Bewerbung@REpower.de

REpower Systems im Internet: www.repower.de

Jürgen Sprenzinger Frieda-Forster-Str. 49 86399 Straßberg

J. Sprenzinger, Frieda-Forster-Str. 49 86399 Straßberg

Repower Systems AG
Bereich Personal Frau Brigitte Jainz
Rödemis Hallig

25813 Husum

27. August 2006

Ihre Stellenanzeige in der Frankfurter Allgemeinen
vom 26. August 2006-08-26

Sehr geehrte Frau Jainz,

ich bedanke mich für Ihre Stellenanzeige in der Frankfurter Allgemeinen und dem mir dadurch entgegen gebrachten Interesse. Ich bedauere, Ihnen mitteilen zu müssen, dass ich Ihnen meine Power nicht zur Verfügung stellen kann und für mich deshalb eine Bewerbung bei Ihnen nicht in Frage kommt. Meine Frau, mein Hund und die Bewältigung des Alltags kosten mich schon genug Energie, so dass ich mit meiner Power sparsam umgehen muss.

Ihr Aufgabengebiet umfasst zwar sicherlich eine Reihe interessanter Aspekte, dennoch ist mir die ausgeschriebene Stelle auch etwas zu windig.

Für Ihre Suche nach einem geeigneten windunempfindlichen Mitarbeiter wünsche ich Ihnen viel Erfolg.

Mit freundlichen Grüßen

J. Sprenzinger

MSR Consulting

Menschen. Strategien. Resultate.

Wir suchen Querdenker, die nicht zugeknöpft sind.

MSR Consulting
Dr. Patricia Peill
Bonner Straße 211
DE-50968 Köln

patricia.peill@msr.de

Wer sind wir? Ein seit 16 Jahren erfolgreich agierendes Beratungsunternehmen mit renommierten Klienten in den Schwerpunktbranchen Automobil, Finanzdienstleistung und Industrie. Aus dem tiefen Verständnis der Kundenperspektive heraus bewirken wir langfristige Veränderungen. So steigern wir den Unternehmenserfolg durch besseres Management von Kundenwert und Kundenbeziehung.

Wer sind Sie? Gesucht sind innovative Macher, keine Mitläufer. Gefragt sind charakterfeste Visionäre, die es schätzen, bei ihrem Tun und Handeln über ein Höchstmaß an Gestaltungsfreiheit zu verfügen. Wir glauben, dass nur Persönlichkeiten nachhaltig Erfolg generieren, die ihr Know-how zielgerichtet in die enge Zusammenarbeit mit dem Klienten einbringen.

Consultants & Senior Consultants

Grundausstattung unserer Bewerber:

- Ein Universitätsstudium mit Prädikatsexamen, gerne auch mit Promotion/MBA.
- Erfolge, die Sie Ihrer analytischen und konzeptionellen Exzellenz verdanken.
- Umsetzungserfahrung aus Projektarbeit, idealerweise mit einem beratenden Hintergrund.
- Fachliches Interesse an den MSR-Beratungsfeldern.
- Sehr gute Kommunikations- und Teamfähigkeiten.

www.MSR.de Für alle, die es genau wissen wollen.

Jürgen Sprenzinger Frieda-Forster-Str. 49 86399 Straßberg

J. Sprenzinger, Frieda-Forster-Str. 49 86399 Straßberg

MSR Consulting
z. H. Frau Dr. Partricia Peill
Bonner Str. 211

50968 Köln

27. August 2006

Ihre Stellenanzeige in der Frankfurter Allgemeinen vom 26. August 2006

Sehr geehrte Frau Dr. Peill,

herzlichen Dank für Ihre Stellenanzeige in der Frankfurter Allgemeinen, die mich sehr gefreut hat. Ich darf Ihnen hiermit mitteilen, dass ich ein reinrassiger Querdenker bin und alles andere als zugeknöpft.

Leider kann ich mich nicht bei Ihnen bewerben, weil ich vermutlich zu offen bin und über wahnsinnig viel Gestaltungsfreiheiten verfüge. Meine Frau schimpft mich schon jeden Tag, wenn ich wieder erst nachts um zwei heimkomme und mir zuviel Gestaltungsfreiheiten herausgenommen habe.

Eine Bewerbung kann ich deshalb überhaupt nicht verantworten. Meine Frau flippt sonst aus.

Ich hoffe, Sie haben für meine Nichtbewerbung Verständnis. Ich wollte Ihnen aber trotzdem Bescheid geben, dass ich Ihre Stellenanzeige mit Interesse gelesen habe, damit Sie wissen, dass selbige auch gedruckt worden ist und die Frankfurter Allgemeine seriös arbeitet.

Mit freundlichen Grüßen

J. Sprenzinger

Die Unternehmensgruppe Ihr Platz gehört mit über 700 Filialen, über 8.000 Mitarbeiterinnen und Mitarbeitern und einem Umsatzvolumen von ca. 800 Mio. Euro zu den Top 5 der Drogeriemarktbranche in Deutschland.

Wenn Sie unsere Zukunft aktiv mitgestalten möchten ist Ihr Platz bei uns!

Wir suchen ab sofort:

Category Manager/in
– Nonfood –

Ihre Aufgaben:
- betriebswirtschaftliche Planung und Steuerung der Warengruppen (Aktions- und Sortimentsartikel)
- Durchführung von Listungs-, Preis- und Vermarktungsaktivitäten
- Entwicklung von Potentialanalysen sowie Absatz- und Vermarktungsstrategien
- Vertragsverhandlungen mit Lieferanten
- kontinuierliche Pflege und Optimierung von Platzierungen nach CM-Gesichtspunkten
- Ideenfindung und Umsetzung neuer Sortimentskonzepte
- Führung eines Teams

Ihre Qualifikationen:
- betriebswirtschaftliches Studium (Uni, FH, BA) oder abgeschlossene kfm. Berufsausbildung
- mehrjährige praktische Erfahrung im Einkauf
- Kommunikations- und Teamfähigkeit sowie Verhandlungsgeschick
- ausgeprägte Einsatzbereitschaft, Belastbarkeit und Durchsetzungskraft
- gute EDV-Kenntnisse (MS-Office)
- verhandlungssichere Englischkenntnisse

Bezirksleiter/innen

Ihre Aufgaben:
- Führung eines Bezirkes mit derzeit 25 Filialen
- Personalverantwortung für die Mitarbeiter in den Märkten und deren Motivation
- Analyse und Steuerung der Filialen
- Maßnahmenplanung, Zielvereinbarung und -kontrolle für die einzelnen Filialen in Kooperation mit den Filialleitungen

Ihre Qualifikationen:
- betriebswirtschaftliches Studium (Uni, FH, BA) oder abgeschlossene kfm. Berufsausbildung, Handelsfachwirt/in
- mehrjährige Erfahrung als Bezirksleiter/in, idealerweise im Drogeriemarktbereich
- gute EDV-Kenntnisse (MS-Office)
- praktische Erfahrungen in teamorientierter Mitarbeiterführung
- ausgeprägte Einsatzbereitschaft, Belastbarkeit und Durchsetzungskraft
- analytisches strukturiertes Denkvermögen, Kommunikationsstärke sowie ein hohes Maß an Sozialkompetenz
- Mobilität und Bereitschaft, den Wohnsitz nach der Einarbeitung in den Einsatzbereich zu verlegen

Leiter/in Marketing

Ihre Aufgaben:
- Weiterentwicklung und operative Umsetzung der definierten Marketingstrategie und des daraus abgeleiteten Corporate Designs
- Konzeption sowie operative Steuerung/Koordination der Werbeaktivitäten
- Planung und Kontrolle des Marketingbudgets
- Entwicklung neuer Kundenbindungsinstrumente
- Führung eines Teams

Ihre Qualifikationen:
- betriebswirtschaftliches Studium (Uni, FH, BA) mit Schwerpunkt Marketing, ggf. auch kaufmännische Ausbildung mit entsprechender Berufserfahrung
- mehrjährige Erfahrung im Bereich Marketing/Werbung, idealerweise in einem Handelsunternehmen
- Führungserfahrung
- kreativ, dynamisch und überzeugungsstark
- gute EDV-Kenntnisse (MS-Office)
- Englischkenntnisse

Wir bieten Ihnen:
- Eine verantwortungsvolle und herausfordernde Tätigkeit in einem dynamischen Arbeitsumfeld, dass sich durch flache Hierarchien auszeichnet sowie ein attraktives Einkommen.

Interesse? Dann freuen wir uns auf Ihre Bewerbung unter Angabe Ihrer Gehaltsvorstellung und des frühestmöglichen Eintrittstermins.

IhrPlatz

Ihr Platz GmbH + Co. KG
Bereich Personal
Dr. Ricarda Rolf
Rehmstraße 18-20
49080 Osnabrück

Jürgen Sprenzinger Frieda-Forster-Str. 49 86399 Straßberg

J. Sprenzinger, Frieda-Forster-Str. 49 86399 Straßberg

IhrPlatz GmbH + Co. KG
Bereich Personal
z. H. Frau Dr. Ricarda Rolf
Rehmstraße 18-20

49080 Osnabrück

27. August 2006

Ihre Stellenanzeige in der Frankfurter Allgemeinen vom 26. August 2006

Sehr geehrte Frau Dr. Rolf,

Ihre Stellenanzeige habe ich gelesen und muss Ihnen hiermit absagen, das heißt, ich bewerbe mich hiermit nicht.

Da ich mich momentan in einem komplizierten persönlichen Umwandlungsprozess befinde und eben dabei bin, meine eigene Zukunft aktiv zu gestalten, kann ich nicht die Ihre auch noch aktiv mitgestalten. Das würde mich im Augenblick total überfordern. Ich würde daran zerbrechen.

Ich hoffe, Sie nehmen mir meine Entscheidung nicht übel.

Mit freundlichen Grüßen

J. Sprenzinger

Jürgen Sprenzinger Frieda-Forster-Str. 49 86399 Straßberg

J. Sprenzinger, Frieda-Forster-Str. 49 86399 Straßberg

adidas AG
Human Resources/SB
Adi-Dassler-Platz 1-2

91074 Herzogenaurach

27. August 2006

Ihre Stellenanzeige in der Frankfurter Allgemeinen vom 26.08.2006

Sehr geehrte Damen und Herren,

vielen Dank für Ihre Stellenanzeige in der Frankfurter Allgemeinen. Sie ist sehr schön geworden und gerade der englische Text bei einer alteingesessenen deutschen Firma hat durchaus seinen Reiz.

Leider muss ich Ihnen mitteilen, dass aufgrund der vielen Tageszeitungen, die auf dem Markt sind, unerwartet viele Stellenanzeigen bei mir eingegangen sind und ich somit Ihre Stellenanzeige nicht berücksichtigen konnte.

Bitte verstehen Sie diese Entscheidung nicht als Bewertung Ihres Unternehmens.

Für die weitere Mitarbeitersuche wünsche ich Ihnen viel Erfolg.

Mit freundlichen Grüßen

Wir handeln!

Wir suchen Sie (m/w) für unseren TIP Werbeverlag in Dortmund als

Gebietsleiter Vertrieb

Wir bieten Ihnen eine abwechslungsreiche Tätigkeit:

- Verantwortung für die vollständige und termingerechte Verteilung der Kundenzeitungen und Prospekte
- Steuerung eines Profit-Centers mit Benchmarks und Kennzahlen
- Führung der Gebietsassistenten und Außendienstmitarbeiter
- Aufbau von neuen Verteilgebieten
- Außendiensttätigkeit
- Berichterstattung an den Vertriebsleiter
- Umsetzung der Unternehmensziele/-politik

Wir erwarten von Ihnen:

- Betriebswirtschaftliches Studium (Uni, FH, BA, IHK) oder eine gleichwertige berufliche Qualifikation
- Berufserfahrung im Vertrieb, idealerweise Erfahrung im Verlagswesen
- Nachweislich mehrjährige Verantwortung in der Mitarbeiterführung
- Affinität zum Handel
- Bundesweite Mobilität

Wir freuen uns auf Ihre Bewerbung, vorzugsweise online unter Ref.-Code BZ-FAZ-260806!

Kaufland Dienstleistung GmbH & Co. KG
Bewerbermanagement
Frau Brigitte Zeller
Rötelstr. 35, 74172 Neckarsulm
www.kaufland.de

Über 600 SB-Warenhäuser und Verbrauchermärkte im In- und Ausland sprechen eine deutliche Sprache: Auf Kaufland können Sie zählen! Für unsere Mitarbeiter heißt das: Kaufland als eines der führenden deutschen Lebensmittel-Handelsunternehmen bietet jede Menge spannender Aufgaben – und sichere Arbeitsplätze!

Informativ, unterhaltsam, spannend – „TIP der Woche" und „TOP aktuell" sind weit mehr als herkömmliche Werbemedien. Die Kundenzeitungen der SB-Warenhäuser und Verbrauchermärkte von Kaufland bieten neben den Top-Angeboten aus dem Warensortiment, attraktive Gewinnspiele, ein Höchstmaß an Information aus vielen Lebensbereichen – und das Woche für Woche völlig kostenlos.

TIP
WERBEVERLAG

Jürgen Sprenzinger Frieda-Forster-Str. 49 86399 Straßberg

J. Sprenzinger, Frieda-Forster-Str. 49 86399 Straßberg

Kaufland Dienstleistung GmbH & Co.KG
Bewerbermanagement
z.H. Frau Brigitte Zeller
Rötelstr. 35

74172 Neckarsulm

27. August 2006

Ihre Stellenanzeige in der Frankfurter Allgemeinen vom 26.08.2006

Sehr geehrte Frau Zeller,

als ich gestern beim Frühstück die Frankfurter Allgemeine aufgeschlagen hab, bin ich zufällig auf Ihre Stellenanzeige gestoßen. Immer am Samstag lese ich die Frankfurter Allgemeine, weil es da auch weiche Eier zum Frühstück gibt und einen Toast mit Butter und Marmalad.

Ich würde gerne bei Ihnen arbeiten, kann aber nicht, weil ich nur ein einfacher Elektriker bin. Deswegen gehts wahrscheinlich nicht und ich teile Ihnen lediglich ordnungshalber mit, dass ich mich hiermit nicht bewerbe.

Mit freundlichem Gruß

Kaufland

Kaufland Dienstleistung GmbH & Co. KG
Postfach 12 53 – 74149 Neckarsulm

Herr
Jürgen Sprenzinger
Frieda-Forster-Str. 49

86399 Straßberg

Absender / Antwort an:

Tanja Timler
Personal und Soziales

- Bewerbermanagement -

Ihr Zeichen	Ihre Nachricht	Unser Zeichen		Datum
		PuS/ta	Tel.: 07132/94-1559 Fax: 07132/947-1559 Email: tanja.timler@kaufland.de	07.09.2006

Ihr Schreiben vom 27. August 2006

Sehr geehrter Herr Sprenzinger,

vielen Dank für das o. g. Schreiben.

Mit Bedauern mussten wir daraus entnehmen, dass Sie sich von unserem Inserat in der Frankfurter Allgemeinen Zeitung nicht angesprochen fühlen.

Da Sie uns freundlicherweise mitgeteilt haben, dass Sie von Beruf Elektriker sind, haben wir Ihnen zwei entsprechende Stellenausschreibungen mit unterschiedlichen Standorten beigefügt.

Bei Interesse Ihrerseits würden wir uns auf Ihre vollständigen Bewerbungsunterlagen freuen!

Sollten Ihnen die Standorte zu weit entfernt sein, können Sie sich auch gerne in einer unserer Filialen in Ihrer Nähe nach einer vakanten Stelle erkundigen, denn auch dort sind wir immer an Mitarbeiter aus Ihrer Berufssparte interessiert. Die Adressen können Sie auf der Startseite unserer Homepage unter www.kaufland.de unter „Nächstes Kaufland" nachlesen.

Mit freundlichen Grüßen

Kaufland Dienstleistung GmbH & Co. KG
- Bewerbermanagement -

i. A. Timler

i. A. Tanja Timler

Anlage

Bundesministerium für Umwelt,
Naturschutz und Reaktorsicherheit

Im Bundesministerium für Umwelt, Naturschutz und Reaktorsicherheit sind zum nächstmöglichen Zeitpunkt zwei Stellen für

technische Sachbearbeiterinnen/ technische Sachbearbeiter

zu besetzen.

Der Einsatz erfolgt in den Arbeitseinheiten RS I 3 "Bundesaufsicht bei Atomkraftwerken Grundsatzangelegenheiten der nuklearen Sicherheit; Regelwerk" bzw. RS II 3 "Bundesaufsicht in Strahlenschutz". Dienstort ist Bonn.

Aufgaben in der Arbeitsgruppe RS I 3

- Mitwirkung bei der Zweckmäßigkeitsaufsicht über Genehmigungs- und Aufsichtsverfahren der Länder im Bereich Bundesaufsicht bei Atomkraftwerken und Forschungsreaktoren
- Organisation der Störfallmeldung und Auswertung in Betrieb befindlicher Atomkraftwerke und Forschungsreaktoren
- Mitwirkung bei der Ermittlung und Auswertung von meldepflichtigen Ereignissen und der sonstigen Betriebserfahrung bei in Betrieb befindlichen Atomkraftwerken und Forschungsreaktoren
- Mitwirkung bei Bund-Länder-Ausschüssen zu Fragen der kerntechnischen Sicherheit
- Betreuung von Forschungsvorhaben

Aufgaben in der Arbeitsgruppe RS II 3

- Mitwirkung bei der Zweckmäßigkeitsaufsicht über Genehmigungs- und Aufsichts- und Zulassungsverfahren der Länder im Bereich Strahlenschutzüberwachung und gerätetechnischer Anforderungen
- Koordinierung der nationalen Aktivitäten im Bereich der technischen Normen für geräte- und messtechnische Anforderungen nach Strahlenschutz- und Röntgenverordnung
- Mitwirkung bei Bund-Länder-Ausschüssen zu Fragen des radiologischen Arbeitsschutzes und der gerätetechnischen Anforderungen nach Strahlenschutz- und Röntgenverordnung
- allgemeine Angelegenheiten der Fachkunde im Strahlenschutz

Anforderungen

- Abgeschlossene ingenieurwissenschaftliches Fachhochschulstudium
- Interesse an eigenständiger Arbeit im Bereich kerntechnische Sicherheit und Anlagensicherheit oder im Bereich Strahlen-, Umwelt- und Gesundheitsschutz
- Kontaktfähigkeit, Verhandlungsgeschick sowie Durchsetzungs- und Überzeugungsvermögen
- Teamfähigkeit, Flexibilität, Belastbarkeit und Einsatzbereitschaft
- fundierte PC-Anwenderkenntnisse
- gute englische Sprachkenntnisse

Für die Übernahme in ein Beamtenverhältnis auf Probe ist neben dem Fachhochschulabschluss der Nachweis einer einschlägigen hauptberuflichen Tätigkeit von mindestens 1 1 /2 Jahren erforderlich.

Schriftliche Bewerbungen - keine E-Mail-Bewerbung - können bis zum 01. September 2006 unter Angabe der Kennziffer 160 für RS I 3 bzw. Kennziffer 170 für RS II 3 an das

Bundesministerium für Umwelt,
Naturschutz und Reaktorsicherheit
Referat ZG I 1 Postfach 120629, 53048 Bonn

gerichtet werden.

Es wird anheim gestellt, ggf. auch außerberuflich erworbene Fähigkeiten, Qualifikationen und Erfahrungen anzugeben, die für die Auswahlentscheidung relevant sein könnten. Das BMU gewährleistet die berufliche Gleichstellung von Männern und Frauen. Es ist bestrebt, den Frauenanteil zu erhöhen und Unterrepräsentanz zu beseitigen. Von schwerbehinderten Bewerberinnen/Bewerbern wird nur ein Mindestmaß an körperlicher Eignung verlangt; sie werden bei gleicher Eignung bevorzugt berücksichtigt.

Die Wahrnehmung der Aufgaben ist grundsätzlich auch im Wege der Teilzeitbeschäftigung möglich.

Jürgen Sprenzinger Frieda-Forster-Str. 49 86399 Straßberg

J. Sprenzinger, Frieda-Forster-Str. 49 86399 Straßberg

Umweltministerium für Umwelt
Naturschutz und Reaktorsicherheit
Referat ZG I 1
Postfach 120629

53048 Bonn

22.08.2006

Ihre Stellenanzeige in der Frankfurter Allgemeinen vom 19. August 2006

Zwischenbescheid

Sehr geehrte Damen und Herren,

Ihre Stellenanzeige in der Frankfurter Allgemeinen wurde von mir zur Kenntnis genommen, sorgfältig geprüft und für eine Absage in die engere Wahl genommen.

Den endgültigen Bescheid erhalten Sie in den nächsten Tagen.

Mit freundlichen Grüßen

J. Sprenzinger

Jürgen Sprenzinger Derchinger-Str. 19 86444 Bergen

J. Sprenzinger Derchinger-Str. 19, 86444 Bergen

Umweltministerium für Umwelt
Naturschutz und Reaktorsicherheit
Referat ZG I 1
Postfach 120629

53048 Bonn

08.01.2007

Ihre Stellenanzeige in der Frankfurter Allgemeinen vom 19. August 2006

Betrifft Absage

Sehr geehrte Damen und Herren,

leider hat die Prüfung durch das Familiengremium ergeben, dass eine Stellung in Ihrem Hause nicht in Betracht kommt und ich muss Ihnen ordnungshalber leider einen negativen Bescheid zukommen lassen.

Begründung:

Ich kann nicht in Bonn arbeiten, da ich dann jeden Tag hin und per pendeln müsste. Wie Ihnen bekannt sein dürfte, wurde die Pendlerpauschale drastisch gekürzt, sodass ein Pendeln zwischen Bonn und Augsburg mit erheblichen Kosten verbunden sein dürfte, die auch steuerlich nur schwerlich absetzbar sein dürften. Dazu kommt erschwerend hinzu, dass meine Frau sehr eifersüchtig und in höchstem Maße misstrauisch ist, weil sie annimmt, dass ich sofort wieder etwas mit einer Kollegin anfange. Das ist mir allerdings erst zweimal passiert, aber meine Frau hört seitdem diesbezüglich sofort das Gras wachsen und die Flöhe husten.

Ich hoffe auf Ihr Verständnis und wünsche Ihnen alles Gute für die Zukunft.

Mit freundlichen Grüßen

J. Sprenzinger

Our client, NKT Cables GmbH, is part of the Danish NKT group. The organisation has its production location and headquarters in Cologne (Germany). It employs 450 people and generates an annual turnover of 140 million euros. NKT Cables produces MV and HV cables, cable accessories, OPGW, catenary systems and technical wires for the energy, rail infrastructure and industrial markets. The organisation's aim is to provide customer specific and innovative 'Cable Solutions', through the engineering, supply and installation of complete systems. In view of the continued growth and professional development of the organisation, our client has asked us to look for candidates for the position of:

Project Manager High Voltage Cable Systems

Methodical organiser with an international focus

Your job
You will be a member of the High Voltage team. This department engineers, sells and executes projects for high-voltage cable systems at international, complex turnkey projects, mainly in Europe. You will have final responsibility for the projects assigned to you. This will include the preparation and co-ordination of the activities of your project and your project team. You will make schedules and implementation plans on the basis of the offers supplied by your sales colleague, compile budgets, and subsequently co-ordinate the various project activities from the headquarters in Cologne. You will act as a contact for suppliers, subcontractors and end users in widely differing cultures. You will complete progress monitoring reviews and project reports and be responsible for meeting deadlines. You will report to the High Voltage manager.

Your profile
You have a degree in higher professional education, preferably in a technical field. You have at least a few years experience in a comparable role in a technical/industrial environment. You are stress resistant and have organisational talent. You have commercial acumen and an enterprising attitude. You are accustomed to strategically managing a project organisation. Claim management should be part of your daily work. You are fluent in English, both spoken and written. The use of standard IT tools like MS-Office and a project management tool is premised. Skills in Italian, French, Russian or Spanish would be an advantage. The location for the position will be Cologne.

NKT Cables offers
A challenging position in an ambitious organisation with excellent working conditions and career prospects.

Your reply
Please send your CV along with brief motivation statement within 14 days to **Ranger Consulting B.V., for the attention of Mrs. Antoinette Wolters, PO Box 6819, 6503 GH Nijmegen, The Netherlands, e-mail: info@rangerrecruitment.com.** Applications preferably by e-mail. For further information, please contact: Mrs. Antoinette Wolters, telephone 0031 (0)24-3882299 or visit www.ranger.nl.

The interviews for this position have been scheduled for 14 September in Cologne. The interviews will be held in English.

ranger consulting

www.ranger.nl

WERVING & SELECTIE

EXECUTIVE SEARCH

Jürgen Sprenzinger Frieda-Forster-Str. 49 86399 Straßberg

J. Sprenzinger, Frieda-Forster-Str. 49 86399 Straßberg

Ranger Consulting B.V.
Mrs. Antoinette Wolters
PO Box 6819

6503 GH Nijmegen

Niederlande

28.08.2006

Your Ad in the Frankfurter Allgemeine Newspaper, Dated 2006-08-28

Dear Mrs. Wolters,

I was excited to discover your Ad for „Project Manager High Voltage Cable Systems“ in
my local Paper. It is however with deep regret, that I must inform you that I will not be able to apply for the position, even though, I must say that I am highly interested!

I am able to resist most types of stress, I try not to let anything bother me and being highly organized, I would be perfect for said position. The one thing I am absolutely not willing to accept is tension of any type! When I was a mere ten years old, I was struck by lightening and for approximately 8 Weeks following this strike, experienced some supernatural side-effects (X-Ray Vision etc.). As you can imagine, ever since that day, I am rather terrified of electric sockets.

I do hope that you'll be able to understand and accept my decision.

Sincerely,

J. Sprenzinger

Lidl ist ein erfolgreich expandierendes Lebensmittel-Filialunternehmen. In Europa stehen wir für rasches und kontinuierliches Wachstum.

Unser Grundprinzip und der Schlüssel unseres Erfolges ist die Einfachheit. Daran orientiert sich unser gesamtes Handeln. Wir haben uns zum Ziel gesetzt, unseren Kunden die Artikel des täglichen Bedarfs stets in bester Qualität zum günstigsten Preis anzubieten.

Das ist eine spannende Aufgabe.

Jeden Tag aufs Neue!

Starten Sie Ihre Karriere in unserem internationalen Unternehmen als

Einkaufsleiter/in

für den Einkauf International

Ihre Aufgaben

- Nach gründlicher Einarbeitung führen Sie internationale Einkaufsverhandlungen in direkter Abstimmung mit der Geschäftsleitung
- Gemeinsam mit der Geschäftsleitung entwickeln Sie dann die mittel- und langfristigen Einkaufsstrategien und verantworten ein Einkaufsvolumen in bedeutender Umsatzhöhe
- Ihr Tätigkeitsfeld im Einkauf umfasst neben dem klassischen Produktmanagement die Bereiche Qualitätssicherung, Ausstattungsentwicklung sowie Verpackungsentwicklung und -gestaltung
- Sie sind zuständig für die Qualitätssicherung und Qualitätskontrolle Ihrer Warengruppen
- Durch ständige Marktbeobachtung sowie Analyse von Trends und Kaufverhalten wirken Sie innovativ an der optimalen Produkt- und Sortimentsentwicklung mit
- Sie setzen im Rahmen von Einkaufsverhandlungen konsequent die optimalen Logistik-Konzepte um

Ihr Profil

- Sie haben ein Studium wirtschaftswissenschaftlicher Ausrichtung an einer Universität, Fachhochschule oder Berufsakademie mit Erfolg abgeschlossen
- Sie verfügen über sehr gute Sprachkenntnisse in Deutsch und Englisch
- Entschlusskraft, Zielstrebigkeit, Durchsetzungsvermögen und Belastbarkeit zeichnen Ihre Persönlichkeit aus
- Sie bringen neben analytischem Denkvermögen vor allem Freude am Handeln und Verhandeln mit
- Sie sind daran interessiert, sich in unserem Unternehmen durch hohen Einsatz und außergewöhnliches Engagement in eine Führungsposition mit bedeutender Verantwortung zu entwickeln

Unser Angebot

- Selbständiges und eigenverantwortliches Arbeiten in direkter Abstimmung mit der Geschäftsleitung
- Kurze und schnelle Entscheidungswege
- Hervorragende Entwicklungsmöglichkeiten
- Angenehme Arbeitsatmosphäre in einem dynamischen Einkaufsteam
- Nach gründlicher Einarbeitung wird Ihnen Prokura erteilt
- Sie erhalten von Anfang an ein überdurchschnittliches Einkommen sowie nach erfolgter Einarbeitung einen Firmenwagen, den Sie auch privat nutzen können
- Ihr zukünftiger Arbeitsplatz wird in Neckarsulm / Deutschland sein

Interesse geweckt?

Wir freuen uns auf Ihre Bewerbung (in deutscher Sprache) und das Gespräch mit Ihnen. Die umgehende und diskrete Bearbeitung Ihrer Unterlagen sind für uns selbstverständlich.

Lidl Stiftung & Co. KG
Frau Teubern
Referenz-Nr. <00257007>
Stiftsbergstr. 1
D-74167 Neckarsulm

jobs.orga@lidl.com

www.lidl.com

Jürgen Sprenzinger Frieda-Forster-Str. 49 86399 Straßberg

J. Sprenzinger, Frieda-Forster-Str. 49 86399 Straßberg

Firma
Lidl Stiftung & Co. KG
z.H. Frau Teubern
Stiftsbergstr. 1

74167 Neckarsulm

03.09.06

Ihre Stellenanzeige in der Süddeutschen Zeitung vom 2. September 2006

Sehr geehrte Frau Teubern,

ich habe Ihre Stellenanzeige in der Süddeutschen Zeitung zwar mit Interesse gelesen, muss Ihnen aber leider mitteilen, dass ich mich nicht bei Ihnen bewerben kann.

Ich habe mich bereits bei der Firma Aldi beworben, da Aldi bei manchen Artikeln etwas preisgünstiger ist als Sie. Zudem gefällt mir das rote, umgefallene „i“ in Ihrem Logo nicht besonders. Es erweckt in mir den Eindruck einer vom Regal fallenden Konservendose mit offenem Deckel.
Betrachten Sie dies aber bitte nicht als Beurteilung Ihres ansonsten von mir sehr geschätzten Unternehmens.

Für Ihre Mitarbeitersuche wünsche ich Ihnen viel Erfolg.

Mit freundlichen Grüßen

J. Sprenzinger

Jürgen Sprenzinger Frieda-Forster-Str. 49 86399 Straßberg

J. Sprenzinger, Frieda-Forster-Str. 49 86399 Straßberg

Firma
Kastner & Partners
Gegend 17

A-4894 Oberhofen/Irrsee

03.09.06

Ihre Stellenanzeige in der Süddeutschen Zeitung vom 2. September 2006

Sehr geehrte Damen und Herren,

mit tränenden Augen habe ich Ihre Stellenanzeige in der Süddeutschen Zeitung gelesen und muss Ihnen hiermit traurig mitteilen, dass ich von einer Bewerbung in Ihrem Unternehmen leider absehen muss.

Selbstverständlich könnte ich in Cannes einen Löwen holen – ich habe sogar schon die größten Kartoffel aus dem Feuer geholt, in Amerika Klapperschlangen gefangen, in Florida Alligatoren gejagt, in Kanada mit bloßen Händen und ohne Gasmaske ein Stinktier gefangen und mir im Sudan beim Frauenweitwurf die Silbermedaille geholt.

Leider aber kann ich nicht schreiben wie ein Journalist, und Feuilleton-Texte schon gleich gar nicht. Ich bin froh, wenn ich meinen Einkaufszettel ordentlich hinbekomme.

Das wollte ich Ihnen nur mitteilen. Dennoch wünsche ich Ihnen für Ihre Mitarbeitersuche viel Erfolg.

Mit freundlichen Grüßen

J. Sprenzinger

Stellen Sie sich vor, Ihre neuen Kollegen wären so aufgeschlossen wie die Biene Maja, so clever wie Wickie, so dynamisch wie Tabaluga und so phantasievoll wie Pippi Langstrumpf...

Sind auch Sie ein begeisterter und begeisternder Profi, der seine Kunden professionell überzeugen kann – und im Herzen immer noch Kind geblieben ist?

Dann sollten Sie weiter lesen – bei uns sind Sie an der richtigen Adresse!

Die **EM.Entertainment GmbH**, eine Tochtergesellschaft der EM.TV AG, zählt zu den führenden Produzenten und Vertriebsgesellschaften von hochwertigen Kinder- und Jugendprogrammen in Europa. Das Kerngeschäftsfeld Unterhaltung umfasst dabei die Produktion, den weltweiten Handel mit TV-Rechten sowie die Vermarktung von Home Entertainment- und Merchandising-Rechten.

Zur Verstärkung unseres Teams in der Abteilung **Merchandising** suchen wir zum nächstmöglichen Termin einen weiteren

Sales Manager (m/w) Merchandising

Zu Ihrem spannenden Aufgabengebiet gehören primär nachfolgende Tätigkeiten:

- Erarbeiten von Vermarktungs-Strategien und Wettbewerbs-Analysen in enger Zusammenarbeit mit dem Marketing
- Durchführen von Kundenpräsentationen auf Entscheiderebene
- Kundenspezifisches Erstellen von Angeboten und entsprechendes Nachfassen
- Akquisition, Verhandlung und Abschluss von nationalen und internationalen Lizenzverträgen
- Pflege und Ausbau bestehender Kundenbeziehungen
- Überwachen und Verantworten der Budgetvorgaben des Verantwortungsbereiches

Für diese Position bringen Sie folgende Voraussetzungen mit:

- Mehrjährige fundierte Berufserfahrung im Vertrieb und der Betreuung von Key Accounts, idealerweise in der Lizenzbranche
- Retail- oder Werbeagentur-Erfahrung von Vorteil
- Ausgeprägtes Kommunikations- und Verhandlungsgeschick sowie Abschlusssicherheit
- Wirtschaftswissenschaftliches Studium von Vorteil
- Begeisterungsfähigkeit für Kinderthemen sowie freundliches und verbindliches Auftreten
- Belastbarkeit, Flexibilität und Kreativität
- Sehr gute Englischkenntnisse in Wort und Schrift, weitere Fremdsprachen von Vorteil

Finden Sie sich in dieser Position wieder? Dann überzeugen Sie uns, dass Sie die ideale neue Kollegin/der neue Kollege von Maja, Wickie, Tabaluga und Pippi Langstrumpf sind!

Wir freuen uns über Ihre kompletten Bewerbungsunterlagen, die Sie bitte an folgende Anschrift senden:

Junior

EM.Entertainment GmbH
z. Hd. Herrn Ingo Alex, Leiter Personal & Verwaltung, Beta-Straße 11, 85774 Unterföhring

Jürgen Sprenzinger Frieda-Forster-Str. 49 86399 Straßberg

J. Sprenzos, Frieda-Forster-Str. 49 86399 Straßberg

EM. Entertainment GmbH
z.H. Herr Ingo Alex
Beta-Straße 11

85774 Unterföhring

03.09.06

Ihre Stellenanzeige welches gewese ist in Süddeutsche Zeitung vom 2. September 2006

Sehr geehrtes Herr Ingo Alex,

ich gelese habe mit große Interesse ihr Stellenanzeige in Süddeutsche Zeitung. Sie schreibe, ich kenne zusammenarbeit mit Biene Maja, Wickie, Tabaluga und Pippi Langstrumpf.

Möchte gerne kennelerne alle, weil ich alle kenne von Fernseh, aber Problem is, ich nix spreche ortendlich Deitsch, weil Grieche, was ist Handikap für Biene Maja, Wickie, Tabaluga und Pippi Langstrumpf.
Pippi Langstrumpf ich mögen sehr gern, mich auch sexuell anmache, weil ich stehen auf langes rotes Zopfe.

Leider ich mich nix bewerbe kenne, weil Deitsch nix gut. Ich lernen Deitsch und dann in paar Jahre mich melde wieder bei Ihne.

Mit freundliches Gruße

J. Sprenzinger

Wir haben die Bühne. Haben Sie das Talent?

MAN Roland Druckmaschinen AG ist der weltweit zweitgrößte Hersteller von Drucksystemen und dabei Weltmarktführer im Rollenoffset. Das Unternehmen beschäftigt fast 9.000 Mitarbeiterinnen und Mitarbeiter und erzielt jährlich einen Umsatz von 1,7 Mrd. EUR bei einem Exportanteil von 83%. Um unsere Spitzenposition als weltweit tätiger Hersteller und Systemanbieter der Druckindustrie weiter auszubauen, brauchen wir Mitarbeiterinnen und Mitarbeiter, die kompetent und engagiert viel bewegen wollen.

Wir suchen Sie als

Diplom-Wirtschaftsingenieure (m/w)
Diplom-Ingenieure (m/w)
Diplom-Betriebswirte (m/w)
bzw. mit hervorragenden Master-Qualifikationen

Sie haben Ihr Studium mit überzeugenden Ergebnissen abgeschlossen und erste Berufserfahrungen sammeln können. Ihren Karriereweg sehen Sie in einem international operierenden Unternehmen. Die Bereitschaft, auch für einige Jahre ins Ausland zu gehen, betrachten Sie als eine besondere Chance. Mittelfristig streben Sie die Übernahme einer anspruchsvollen Führungsaufgabe an, in der Sie neue Ideen einbringen und umsetzen können. Gute Englischkenntnisse erleichtern Ihnen die Kommunikation mit wichtigen Stellen im Unternehmen bzw. mit Kunden.

Wir suchen Sie als

Projektleiter (m/w)

Sie kümmern sich eigenverantwortlich und selbstständig um die Abwicklung von kundenspezifischen Aufträgen jenseits des Seriengeschäfts vom Vertragsabschluss bis zur Abwicklung der Zahlungsmodalitäten.

Produktmanager (m/w)

Sie übernehmen die Schnittstellenfunktion zum Produktmarketing und unterstützen den Vertrieb, wenn es um die Produktplanung und Vermarktung unserer Baureihen geht.

Wir bieten außerdem eine

Doktorandenstelle

Jürgen Sprenzinger Frieda-Forster-Str. 49 86399 Straßberg

J. Sprenzinger, Frieda-Forster-Str. 49 86399 Straßberg

MAN Roland Druckmaschinen AG
Personalabteilung Herrn Roland Viet
Mühlheimer Str. 341

63075 Offenbach

03.09.06

Ihre Stellenanzeige in der Frankfurter Allgemeinen vom 2. September 2006

Sehr geehrter Herr Viet,

Ihre Stellenanzeige habe ich mit Interesse gelesen, sie ist mir sofort ins Auge gesprungen, schon weil sie farbig war. Leider sehe ich mich außerstande, mich bei Ihnen zu bewerben.

Begründung:

Sie haben zwar eine Bühne, doch sie macht einen relativ kleinen Eindruck. Ich wiederum habe zwar das Talent, da ich über zwanzig Jahre Theater spiele, etliche tragende Rollen hatte und fünf Theaterstücke geschrieben habe, dennoch bin ich eher auf Großbühnen zu Hause. Auch die Scheinwerferanlage scheint mir etwas dürftig. Mit nur einem Spot dürfte die Ausleuchtung der Akteure etwas dünn ausfallen.

Ich hoffe, Sie können meine Gründe nachvollziehen und tragen mir meine Nichtbewerbung nicht nach.

Mit freundlichen Grüßen

J. Sprenzinger

Jürgen Sprenzinger   Frieda-Forster-Str. 49   86399 Straßberg

J. Sprenzinger, Frieda-Forster-Str. 49 86399 Straßberg

Giesekce & Devrient GmbH
Personalabteilung
Prinzregentenstraße 159

81677 München

09.09.06

Ihre Stellenanzeige in der Süddeutschen Zeitung vom 9. September 2006

Sehr geehrte Damen und Herren,

mit großen Interesse habe ich Ihre Stellenanzeige in der Süddeutschen Zeitung gelesen, hätte mich auch sehr gerne bei Ihnen beworben, da ich die geforderten Voraussetzungen durchaus erfüllen könnte.

Leider kann ich mich nicht bei Ihnen bewerben, auch wenn es mir sehr leid tut.

Die Begründung gebe ich Ihnen gerne: Sie stellen Banknoten her. Leider bin ich seit meiner frühesten Kindheit Kleptomane, das heißt, bei Anspannung und chronischem Stress tritt bei mir ein innerer Drang zum Stehlen auf, dem ich noch nie widerstehen konnte. Bislang hat man mich noch nicht erwischt, aber da ich sicher bin, dass Ihre Kontrollmechanismen sehr hoch entwickelt sind, möchte ich mich diesem Risiko nicht aussetzen.

Aus diesem Grund habe ich sogar eine kleptomanische Frau geheiratet. Sie ist hormonell kleptomanisch, was sich gerade in den Tagen vor der Menstruation äußert. Da klaut die wie ein Rabe, das kann ich Ihnen versichern! Wir bestehlen uns natürlich auch gegenseitig, klar. Neulich hab ich ihr den BH vom Körper gestohlen, ohne dass sie es gemerkt hat. Da war ich schon stolz, das können Sie sich vorstellen. Aber zwischen einem BH und Ihren Geldscheinen ist natürlich schon ein Unterschied. Ihre Geldscheine sind vermutlich nicht so lapprig.

Ich hoffe, Sie können meine Gründe für eine Nichtbewerbung nachvollziehen.

Mit freundlichen Grüßen

J. Sprenzinger

Jürgen Sprenzinger Frieda-Forster-Str. 49 86399 Straßberg

J. Sprenzinger, Frieda-Forster-Str. 49 86399 Straßberg

Coaching Concepts GmbH + Co.KG
z.H. Herrn Peter Josef Senner
H.-Kessel-Str. 13

86842 Türkheim

09.09.06

Ihre Stellenanzeige in der Frankfurter Allgemeinen vom 9. September 2006

Sehr geehrte Damen und Herren,

da ich mich schon immer für die Tätigkeit eines Trainers interessiert habe, habe ich Ihre Stellenanzeige mit großen Interesse gelesen.

Leider kann ich mich nicht bei Ihnen bewerben, da ich nicht Trainer im Bogenschießen werden möchte, sondern eigentlich lieber Fußballtrainer. Ich möchte unbedingt zum FC Bayern-München. Aber bitte, bewahren Sie Diskretion, die wissen nämlich noch von nichts.

Ich hoffe, Sie bringen meiner Entscheidung Verständnis entgegen.

Mit freundlichen Grüßen

J. Sprenzinger

Jürgen Sprenzinger Frieda-Forster-Str. 49 86399 Straßberg

J. Sprenzinger, Frieda-Forster-Str. 49 86399 Straßberg

Sigma-Aldrich Chemie GmbH
Personalabteilung
z.H. Herrn Christian Wetzstein
Eschenstraße 5

82024 Taufkirchen

09.09.06

Ihre Stellenanzeige in der Süddeutschen Zeitung vom 9. September 2006

Sehr geehrte Damen und Herren,

mit Interesse habe ich Ihre Stellenanzeige gelesen und muss Ihnen leider mitteilen, dass ich mich nicht bei Ihnen bewerben kann, obwohl ich die von Ihnen geforderten Voraussetzungen leicht erfüllt hätte.

Sie haben ein Auge auf mich geworfen. Ich frage mich nun, wie Sie dazu kommen, mich mit Augen zu bewerfen. Sie haben mich nämlich damit genau am Hinterkopf getroffen, was äußerst schmerzhaft war. Eine Schmerzensgeldklage und die damit verbundenen juristischen Schritte behalte ich mir selbstverständlich vor.

Ihr Auge werfe ich Ihnen zu meiner Entlastung zurück.

Mit freundlichen Grüßen

J. Sprenzinger

Jürgen Sprenzinger   Frieda-Forster-Str. 49   86399 Straßberg

J. Sprenzinger, Frieda-Forster-Str. 49 86399 Straßberg

Kellogg Deutschland GmbH
z. H. Frau Anja Sander
Auf der Muggenburg 30

28217 Bremen

09.09.06

Ihre Stellenanzeige in der Augsburger Allgemeinen vom 9. September 2006

Sehr geehrte Frau Sander,

da ich jeden Morgen Kellogg's Cornflakes esse, habe ich mit großem Appetit beim Frühstück Ihre Stellenanzeige gelesen.

Leider muss ich Ihnen aber mitteilen, dass ich hiermit von einer Bewerbung absehen muss, da ich keinen wirtschaftswissenschaftlichen Studienabschluss habe und somit nicht in der Lage wäre, Cornflakes zu verkaufen. Besonders die Unterscheidung zwischen Frosties, Special K Black Berry, DayVita oder Choco Krispies (Röhrchen) setzt unbedingt ein Hochschulstudium voraus, das sehe ich absolut ein.

Ich habe mich in meiner Eigenschaft als Professor der Philosophie nun kurzfristig bei der Städtischen Müllabfuhr beworben.

Ich hoffe, Sie nehmen mir meine Entscheidung nicht übel. Für Ihre weitere Mitarbeitersuche wünsche ich Ihnen viel Erfolg.

Mit freundlichen Grüßen

J. Sprenzinger

Jürgen Sprenzinger Frieda-Forster-Str. 49 86399 Straßberg

J. Sprenzinger, Frieda-Forster-Str. 49 86399 Straßberg

Schloss Gaienhofen
z. H. Herrn Dirk Vollkammer
Ambrosius Blarer Gymnasium

78343 Gaienhofen

09.09.2006

Ihre Stellenanzeige in der Frankfurter Allgemeinen vom 9. September 2006

Werter Herr Vollkammer!

Hiermit teile ich Ihnen mit, dass ich mich nicht bewerbe, da ich vermutlich momentan keine Aussicht auf Erfolg hätte. Obwohl ich stets mit Leib und Seele Pädagoge war.

Ich war ein Leben lang Pädagoge und habe viele Kinder und Jugendliche für den Weg in das Leben vorbereitet. Allerdings immer mit strenger Hand und weichem Herzen. So bin ich heute noch ein Verfechter der körperlichen Züchtigung, da ein junger Mensch geformt werden muss. Bei uns in der Wehrmacht anno 1938 war es früher nicht anders.

Man sieht es immer wieder in der Geschichte der Menschheit: Als die Spartaner, einst ein genügsames, züchtiges Volk, verweichlichten, gingen sie zugrunde. Das gleiche Beispiel gilt auch für die alten Griechen, die – einst ein hochkultiviertes Volk – dann degenerierten, als es Ihnen zu gut ging. Was mit den Römern passiert ist, brauche ich Ihnen hier nicht ausführlich zu schildern.

Genau aus diesem Grunde muss man stets dafür sorgen, dass es unserer momentan zügellosen, deformierten Jugend nicht all zu gut geht! Man muss die jungen Menschen aufrichten, Ihnen den Blick nach vorne ebnen, ihren Horizont erweitern, sie auch körperlich stählen – dies alles geht aber nicht ohne körperliche Züchtigung und harte Strafen! Wir müssen die Nächstenliebe

- 2 -

und das Vertrauen wieder in die Jugend hineinprügeln, mit guten Worten geht es einfach nicht! Strafe und körperliche Züchtigung ist immer noch das pädagogisch beste Mittel, das es gibt.

Wenn Sie mich dennoch einstellen möchten, dann wird bald ein anderer Wind in Ihrem Internat pfeifen, dann herrscht Ordnung, Zucht, Sauberkeit, Moral und Gottesfurcht!

Mit freundlichem kollegialem Gruße

J. Sprenninger

J. Sprenzinger, Frieda-Forster-Str. 49 86399 Straßberg

E. Münster GmbH & Co. KG
Hermann-Milde-Str. 1

53129 Bonn

27.08.2006

Ihre Stellenanzeige in der Frankfurter Allgemeinen vom 26. August 2006

Sehr geehrte Damen und Herren,

sehr interessiert habe ich Ihre Stellenanzeige in der Frankfurter Allgemeinen gelesen, doch leider muss ich Ihnen hiermit mitteilen, dass eine Bewerbung für mich nicht in Frage kommt. Ich betrachte Ihre Stellenanzeige somit als gegenstandslos.

Ich begründe meine Entscheidung wie folgt:

Seit etwa zehn Jahren bin ich führendes Mitglied im Verein „Milchzahnkaries und dentales Bewusstsein e.V". Wir haben im Rahmen einer großangelegten Untersuchung festgestellt, dass gerade Ihr Produkt „Maoam" im höchstem Grade zahnschädlich ist und zudem Kieferfehlstellungen hervorruft, die sich – zunächst latent – dann aber fast explosiv, erst im mittleren Alter zwischen 30 und 40 Jahren zeigen. Ich bin heute aufgrund meiner Erfahrung sofort in der Lage, Ihnen aus einer großen Menschenmenge all jene herauszupicken, die in ihrer Kindheit Maoam gekaut haben.

Gerade bei sozial schwachen Kindern wird so die Basis für die Approximalkaries gelegt, da hier die Eltern oft nicht in der Lage sind, aus finanziellen Gründen die nötige Menge an Zahnbürsten und Zahnpasta zu beschaffen. Oft wird sogar das restlich verbleibende magere Familienbudget in Maoam investiert anstatt in Zahnbürsten.

Die bereits erwähnte Approximalkaries, die gemein und hinterhältig ist, von außen kaum zu erkennen und die unangenehme Eigenschaft besitzt, sehr unschöne, unrunde Kárieslöcher zu hinterlassen, betrifft auch die Zahnzwischenräume, die oft in Kindesjahren mit Maoam verklebt waren.

Ich hoffe, Sie können meine Entscheidung nachvollziehen.

Mit freundlichen Grüßen

J. Sprenninger

HARIBO

HARIBO MACHT KINDER FROH UND ERWACHSENE EBENSO

HARIBO GmbH & Co. KG · Postfach 17 20 · D-53007 Bonn

VERBRAUCHERSERVICE

Herrr
Jürgen Sprenzinger
Frieda-Forster-Str. 49
86399 Straßberg

Ihr Schreiben vom 6.9.2006 / Call: 65405 / ms / Bonn, den 08.09.06

HARIBO Stellenausschreibung

Guten Tag, sehr geehrter Herr Sprenzinger,

Wir bedauern es sehr, dass Sie sich auf Grund unserer Produkte bzw. deren Inhaltsstoffe nicht bei uns bewerben möchten.

Sicher stimmen wir Ihnen zu, dass Zucker ein Hauptbestandteil unseren Artikel ist. Auch ist es richtig, dass Zucker Karies verursachen kann.

Wir als Unternehmer sind uns unserer gesellschaftlichen Verantwortung bewusst. Wenn Zucker zur Herstellung unsere Produkte verwendet wird, so ist dieses generell in der Zutatenliste deklariert.

Dennoch - bei regelmäßigen Zähneputzen bzw. täglicher Zahnpflege kommt es durch unsere Artikel zu keinem Zahnschaden. Auch die von Ihnen festgestellte Kieferfehlstellung ist sicher nicht durch den Verzehr unsere Artikel entstanden.

Unsere Artikel verlassen im einwandfreien und frischen Zustand unsere Produktionsstätten.

HARIBO

HARIBO MACHT KINDER FROH UND ERWACHSENE EBENSO

HARIBO GmbH & Co. KG · Postfach 17 20 · D-53007 Bonn

VERBRAUCHERSERVICE

Unsere MAOAM-Artikel sind besonders durch ihre weiche Konsistenz und ihren fruchtigen Geschmack sowohl bei Jung als auch bei Alt gleichermaßen beliebt.
Es handelt sich hier um ein Kaubonbon, welches auch schon von der jüngeren Generation problemlos verzehrt werden kann.

Mit freundlichen Grüßen
HARIBO GmbH & Co. KG

i. A. Schrick

Madeleine Schrick
Verbraucherservice

HARIBO GmbH & Co. KG
Hans-Riegel-Straße 1, D-53129 Bonn
Kommanditgesellschaft mit Sitz in Bonn
Telefon +49 (0) 228 / 537-0
Telefax +49 (0) 228 / 537-289
http://www.haribo.com
E-Mail: info@haribo.com

Registergericht Bonn, HRA 593
persönlich haftende Gesellschafterin:
HARIBO Verwaltungs GmbH, Sitz Bonn
Registergericht Bonn HRB 2927
Geschäftsführer: Dr. Hans Riegel und Paul Riegel
Steuernummer: 205/5812/0755
USt-IdNr. DE122121009, ILN 40 01686 00000 7

Bankverbindungen:
Sparkasse KölnBonn (BLZ 380 500 00) Kto.-Nr. 225 004 1
Dresdner Bank (BLZ 370 800 40) Kto.-Nr. 221 506 800
IBAN: DE 28 370 800 40 02 215 068 00, BIC: DRES DE FF 380
HSBC Trinkaus & Burkhardt KGaA (BLZ 300 308 80) Kto.-Nr. 1 0861 004
IBAN: DE 82 300 308 80 00 108 610 04, BIC: TUBDDEDD
Postbank Köln (BLZ 370 100 50) Kto.-Nr. 480 745 01

Voraussetzungen:

Sie haben eine abgeschlossene Berufsausbildung, idealerweise in einem Dienstleistungsberuf. Sie sind mindestens 1,65 m groß und können sich gut auf Englisch verständigen. Außerdem sind Sie automobil, jederzeit telefonisch erreichbar, verfügen über einen Internetanschluss und wohnen maximal 50 km vom Flughafen München entfernt.

Vor allem aber sollten Sie Spaß daran haben, Ihren Gästen an Bord unserer Jets ein guter Gastgeber zu sein – auch wenn's mal hoch her geht. Wenn Sie also ganz nach oben wollen, möchten wir Sie unbedingt kennen lernen.

CHS
Cabin und Handling Service GmbH
Heinrichstraße 169 A
40239 Düsseldorf
Deutschland

Bewerben können Sie sich auch online unter www.airberlin.com (Deutsch ➔ Unternehmen ➔ Jobs ➔ Flugbegleitung)

airberlin.com

Fly Euro Shuttle!

Jürgen Sprenzinger Frieda-Forster-Str. 49 86399 Straßberg

J. Sprenzinger, Frieda-Forster-Str. 49 86399 Straßberg

CHS
Cabin und Handling Service GmbH
Heinrichstraße 169 A

40239 Düsseldorf

13.09.2006

Ihre Stellenanzeige in der Süddeutschen Zeitung vom 10. September 2006

Sehr geehrte Damen und Herren,

erfreut habe ich Ihre Stellenanzeige in der Süddeutschen Zeitung gelesen, wobei ich Ihnen leider hiermit mitteile, dass ich mich bei Ihnen nicht bewerben kann, da ich einen Ohrenschaden rechtsseitig habe und mein Trommelfell ab einer Höhe von genau 625,32 Meter über dem Meeresspiegel zu vibrieren beginnt.

Ich möchte, dass Sie das wissen.

Was mich viel mehr interessieren täte als diese angebotene Stelle: Sie haben da ein sehr hübsches Mädchen auf Ihrer Stellenanzeige. Ich habe mich sofort in sie verliebt, schon allein deshalb, weil sie so ein schönes gleichmäßiges Gebiss hat. Ich steh auf gleichmäßige Gebisse.
Bitte teilen Sie mir doch mit, wie das Mädchen heißt und wie die Adresse ist. Vielleicht schicken Sie mir auch gleich Telefonnummer von ihr mit. Sie würden mir einen riesigen Gefallen damit tun und mich irrsinnig glücklich machen, glücklicher, als es die Lufthansa oder British Airways je könnten.

Für Ihre Mühe herzlichen Dank im voraus.

Mit freundlichen Grüßen

Jürgen Sprenzinger Frieda-Forster-Str. 49 86399 Straßberg

J. Sprenzinger, Frieda-Forster-Str. 49 86399 Straßberg

SV Kaufmännischer Service GmbH
Personalabteilung
Rudolf-Roth-Straße 18

88299 Leutkirch

13.09.2006

Ihre Stellenanzeige in der Süddeutschen Zeitung vom 10. September 2006

Sehr geehrte Damen und Herren,

zufälligerweise bin ich auf Ihre Stellenanzeige gestoßen und teile Ihnen hiermit mit, dass ich mich nicht bei Ihnen bewerben kann, da mich ein inneres Gefühl davor warnt.

Sie suchen einen stellvertretenden Chefredakteur. Obwohl ich die gewünschten Anforderungen durchaus erfüllen würde, ist Ihrer Anzeige nicht zu entnehmen, wen ich vertreten soll. Sie werden einsehen, dass man nicht jemanden vertreten kann, den man überhaupt nicht kennt. Da kann man ja echt baden gehen dabei, denn wenn derjenige beispielsweise einen Bankeinbruch begeht oder auch nur eine einfache Verkehrsordnungswidrigkeit, darf ich meinen Kopf hinhalten. Ob Sie das dann bezahlen können, steht auf einem anderen Blatt.

Jeder, der mich kennt, weiß, dass ich ein wirklich hilfsbereiter Mensch bin, gutmütig bis zur Dummheit, aber dieses Risiko kann ich leider nicht eingehen. Meine Frau meint das übrigens auch und die meint selten etwas.

Deswegen bitte ich Sie, mir diese Entscheidung nicht übel zu nehmen.

Mit freundlichen Grüßen

J. Sprenzinger

Jürgen Sprenzinger Frieda-Forster-Str. 49 86399 Straßberg

J. Sprenzinger, Frieda-Forster-Str. 49 86399 Straßberg

Firma
Zott GmbH & Co. KG
Dr.-Steichele-Str. 4

86690 Mertingen

17.09.2006

Ihre Stellenanzeige in der Süddeutschen Zeitung vom 16. September 2006

Sehr geehrte Damen und Herren,

obwohl ich Ihre Stellenanzeige mit Interesse gelesen habe, muss ich Ihnen leider mitteilen, dass ich Ihre Stellenanzeige nicht berücksichtigen kann.

Ethische Gründe sprechen dagegen. Sie sind eine Molkerei, die auf Kosten der deutschen Kuh lebt. Die allgemeine Sichtweise ist nämlich die, dass es heißt, Kühe gäben angeblich Milch.
Das stimmt überhaupt nicht! Noch nie hat eine Kuh freiwillig Milch gegeben, sondern sie wird ihr regelmäßig vom Bauern brutal abgenommen – zum Teil sogar maschinell!

Ich möchte mich nicht an der Vergewaltigung der Natur beteiligen. Ich hoffe, Sie haben Verständnis für meine Nichtbewerbung.

Mit freundlichen Grüßen

J. Sprenzinger

Das Beste aus der Natur...

...Das Beste für die Natur

Leiter Qualitätssicherung Endprodukte (m/w)

HiPP

Seit Generationen produzieren wir hochwertige Lebensmittel für die gesunde Ernährung von Kindern. Dies setzen wir durch unsere Pioniertätigkeit im organisch-biologischen Anbau konsequent um. So leisten wir durch die Qualität unserer Produkte und den Erhalt der Umwelt unseren Beitrag für die Generationen von morgen.

Zur Verstärkung unserer Qualitätssicherung suchen wir einen flexiblen, engagierten **Leiter Qualitätssicherung Endprodukte (m/w).**

In dieser Position steuern Sie verantwortlich die Qualitätssicherungsprozesse eines unserer dynamisch wachsenden Produktbereiche. Sie konzipieren und implementieren fachbereichsübergreifende Qualitätssicherungs-Konzepte. Sie identifizieren Optimierungspotenziale und Risiken bereits im Ansatz und leiten bei Bedarf eigenverantwortlich entsprechende Maßnahmen ein. Dabei werden Sie von einem Team motivierter Mitarbeiterinnen und Mitarbeiter unterstützt, dessen Führung und Weiterentwicklung zu Ihren Hauptaufgaben zählt.

Wir erwarten von Ihnen einschlägige Berufs- und Führungserfahrung im Bereich der Qualitätssicherung. Hilfreich ist ein abgeschlossenes Studium zum Lebensmittelchemiker (m/w) oder eine ähnliche Ausbildung. Sie haben fundierte Kenntnisse über das Vorkommen von Kontaminanten in Lebensmitteln und Bedarfsgegenständen sowie Erfahrung mit der Produktion oder der Qualitätssicherung von Körperpflegemitteln. Neben ausgeprägtem analytischen Denken zählt Ihre Kommunikationsfähigkeit (auch in englischer Sprache) zu Ihren Stärken. Darüber hinaus sind Sie sehr durchsetzungsfähig und gewohnt, zielorientiert und eigenverantwortlich in interdisziplinären Teams zu arbeiten. Der Umgang mit dem PC, den gängigen Office-Programmen sowie einem ERP-Programm oder einem entsprechenden QS-Programm ist für Sie selbstverständlich. Gerne berücksichtigen wir Bewerber (m/w) aller Altersgruppen.

Wenn Sie in dieser herausfordernden Aufgabe Ihre Perspektive sehen, richten Sie bitte Ihre vollständigen Bewerbungsunterlagen unter Angabe Ihrer Gehaltsvorstellung bis zum 30.09.2006 an:

HiPP-Werk Georg Hipp OHG
Personalabteilung
Georg-Hipp-Straße 7
85276 Pfaffenhofen
www.hipp.de

Jürgen Sprenzinger Frieda-Forster-Str. 49 86399 Straßberg

J. Sprenzinger, Frieda-Forster-Str. 49 86399 Straßberg

HIPP-Werk Georg Hipp OHG
Personalabteilung
Georg-Hipp-Straße 7

85276 Pfaffenhofen

17.09.2006

Ihre Stellenanzeige in der Frankfurter Allgemeinen vom 16. September 2006

Sehr geehrte Damen und Herren,

mit Interesse habe ich Ihre Stellenanzeige gelesen und mir gedacht: Aha, der Hipp annonciert auch mal wieder.

Gerne hätte ich mich in Ihrem Hause beworben, muss Ihnen aber leider einen negativen Bescheid geben, da ich Ihre Stellenanzeige leider nicht berücksichtigen kann.

Die Erklärung hierfür ist sehr logisch: Immer wieder liest man in der Zeitung, dass es immer weniger Kinder gibt, die Zahl der Single-Haushalte drastisch zunimmt und die Deutschen somit immer weniger werden.
Jetzt frage ich Sie: Wer kauft denn in ein paar Jahren noch Ihre Babynahrung? Ihre Breigläschen, Ihr Honigmüßchen, welches Kind wird dann noch von einem organisch-biologischen Anbau profitieren?

Ich suche eine Stellung, die ich bis zur Rente behalten kann, doch bedingt durch die allgemeine Umstrukturierung der deutschen Gesellschaft ist mir Ihre Firma zu unsicher.

Mit freundlichen Grüßen

J. Sprenzinger

Gesuch

Liebhaber

Bei A.T. Kearney arbeiten Menschen, die Herausforderungen lieben. Persönlichkeiten, die mit Lust und Leidenschaft etwas bewirken wollen. Wenn Sie so jemand sind und sich zu den Besten der Besten zählen, sollten wir uns kennen lernen. Schicken Sie Ihre vollständigen Bewerbungsunterlagen an A.T. Kearney, Recruiting-Abteilung, Kaistraße 16 A, 40221 Düsseldorf, oder bewerben Sie sich online über http://karriere.atkearney.de.

A.T. Kearney ist eine der weltweit führenden Top-Management-Beratungen. Mehr als 2.500 Beraterinnen und Berater unterstützen Unternehmen darin, zu den Gewinnern zu gehören. Wir entwickeln zukunftsfähige Strategien und begleiten unsere Kunden bis zur erfolgreichen Umsetzung.

ATKEARNEY

www.atkearney.de

Jürgen Sprenzinger Frieda-Forster-Str. 49 86399 Straßberg

J. Sprenzinger, Frieda-Forster-Str. 49 86399 Straßberg

A.T. Kearney
Recruiting-Abteilung
Kaisstraße 16 A

40221 Düsseldorf

17.09.2006

Ihre Stellenanzeige in der Frankfurter Allgemeinen vom 16. September 2006

Sehr geehrte Damen und Herren,

mit großen Augen habe ich Ihre Stellenanzeige gelesen. Sie suchen einen Liebhaber, der mit Lust und Leidenschaft etwas bewirken will.

Leider kann ich mich nicht bei Ihnen bewerben, so gern ich es auch getan hätte, aber ich habe festgestellt, dass meine Potenz speziell in den letzten Jahren stark nachgelassen hat. Auch meine Lust, das heißt, mein Testosteronspiegel ist nach Auskunft meines Urologen in den letzten drei Jahren um etwa 35,21 % abgesunken, was sich natürlich auch in meiner Leidenschaftsfähigkeit niederschlägt.

Ihre Stellenanzeige kommt um Jahre zu spät. Deshalb muss ich das Feld innerlich grollend wohl einem Jüngeren überlassen, obwohl ich früher einmal zu den Besten der Besten gezählt habe. Ich war in den Jahren 1980 bis 1992 sogar vereidigter Bezirksbefruchter der Stadt Augsburg.

Ich hoffe, Sie können die Gründe für meine Nichtbewerbung nachvollziehen.

Mit freundlichen Grüßen

J. Sprenzinger

Arbeiten am Mehr.

Kein Bau- und Heimwerkermarkt bietet seinen Mitarbeitern mehr: Als Marktführer steht OBI mit seinen über 490 Bau- und Heimwerkermärkten neben mehr Kompetenz und mehr Qualität auch für hervorragende Aufstiegschancen und mehr beruflichen Erfolg. So auch im Franchise Center unseres Unternehmens.

Für unsere im Aufbau befindliche **OBI Handelslogistik** suchen wir eine/n

Abteilungsleiter (m/w) Intern. Logistikkoordination

Projektleiter (m/w) Lieferantenmanagement

Wir suchen **engagierte, umsetzungsstarke Führungspersönlichkeiten,** die nach ihrer logistischen Ausbildung, z.B. als Speditionskaufmann, ein **Hochschul- bzw. Fachhochschulstudium** mit betriebswirtschaftlicher Studienrichtung und **Schwerpunkt Logistik** erfolgreich abgeschlossen haben. Versierte Profis, die bereits über mehrere Jahre strategische und operative Erfahrungen in der Logistikbranche – idealerweise bei einem Handels,- Industrie- oder Logistikdienstleistungsunternehmen – verfügen und sich jetzt einer neuen Herausforderung stellen möchten.

Als **Abteilungsleiter Internationale Logistikkoordination** (Kennziffer 200608004) betreuen Sie alle Aufgaben rund um die Implementierung und Optimierung der Zentral- und Marktlogistikkonzepte der OBI Handelslogistik mit Schwerpunkt auf das osteuropäische Ausland. Ihr Ziel und Anspruch ist es, effiziente, länderspezifische Logistikstrukturen für die ausländischen Märkte bereitzustellen. Darüber hinaus steht der Aufbau eines internationalen Logistiknetzwerkes im Fokus Ihrer Tätigkeit.

Als **Projektleiter Lieferantenmanagement** (Kennziffer 200609009) sind Sie strategisch als auch operativ für die unterschiedlichsten Bausteine der Prozessoptimierung und Steuerung deren Umsetzung verantwortlich. Zudem verstehen Sie es, Lieferantenvereinbarungen mit Durchsetzungsvermögen zu verhandeln, Qualitätsanforderungen an die Prozesse (SLA) zu definieren und die operativen Prozesse unserer Lieferanten in eine optimale Handelslogistik zu überführen.

Klingt genial? Dann warten Sie nicht länger: Geben Sie Ihrer Karriere, Ihrem Leben und unserem Unternehmen neue Impulse. Bei OBI finden Sie alles, was Sie dazu brauchen – und noch viel Mehr! Bitte bewerben Sie sich unter Angabe der Kennziffer ausschließlich online unter www.obi.de.

OBI Bau- und Heimwerkermärkte GmbH & Co. Franchise Center KG
Personalbetreuung Deutschland · Herrn Christian Oesterwinter
Albert-Einstein-Straße 7–9 · 42929 Wermelskirchen

Weitere Informationen unter www.obi.de

OBI

Jürgen Sprenzinger Frieda-Forster-Str. 49 86399 Straßberg

J. Sprenzinger, Frieda-Forster-Str. 49 86399 Straßberg

OBI Bau- und Heimwerkermärkte
z. H. Herrn Christian Oesterwinter
Albert-Einstein-Str. 7-9

42929 Wermelskirchen

17.09.2006

Ihre Stellenanzeige in der Frankfurter Allgemeinen vom 16. September 2006

Sehr geehrter Herr Oesterwinter,

Ihrer Stellenanzeige entnehme ich, dass Sie eine Arbeit am Mehr anbieten.

Leider kann ich mich momentan nicht bewerben, weil diese Stellenanzeige zu wenig aussagt.
So muss ich wissen: Wo am Mehr ist diese Arbeit? Und an welchem Ort? Tenneriffa oder Mallorca zum Beispiel wären mir sehr angenehm. Auch in Portugal an der Algarve am Atlantischen Ozean könnte ich mir eine Tätigkeit sehr gut vorstellen. Es sollte halt auch ein schöner Strand vor Ort sein. Hamburg mit seinem dreckigen Hafen wäre mir weniger angenehm.

Im Großen und ganzen könnte ich mich nämlich schon mit Ihrer Firma indendivizieren, weil ich schon eine Menge bei Ihnen gekauft hab. Erst letzte Woche wieder. Da hab ich einen Klopapierhalter fürs Bad gebraucht und den in blau. Schon lang hab ich so ein Teil gesucht. Wo hab ich es gekriegt? Beim OBI! Auch hab ich immer die weiße Acrilfarbe von Ihnen, die so sauschnell trocknet. Meine Frau ist übrigens auch sehr zufrieden mit Ihnen. Sie kauft immer die Tapeten bei Ihnen. Wir tapezieren fast alle sechs Monate neu, weil der Mensch ja öfters einen Tapetenwechsel braucht.

Bitte teilen Sie mir noch mehr Einzelheiten mit, ich schicke dann sofort meine Bewerbung los, wenn es passt.

Mit freundlichen Grüßen

J. Sprenzinger

Jürgen Sprenzinger Derchinger-Str. 19 86444 Bergen

J. Sprenzinger, Derchinger-Str. 19 86444 Bergen

Fa.
Segmüller
Polstermöbelfabrik
Augsburger Str. 11-15

86316 Friedberg

19.11.06

Ihre Stellenanzeige in der Augsburger Allgemeinen
vom 18. November 2006

Sehr geehrte Damen und Herren,

obwohl ich gerne bei Ihnen arbeiten würde, muss ich Ihnen leider mitteilen, dass ich mich nicht bei Ihnen bewerben kann, da jetzt gerade am 14. November IKEA eröffnet hat, ich mich dort beworben habe und mir IKEA enorme Chancen bietet.

Ich hoffe, Sie sind mir deshalb nicht böse, ich halte nämlich eigentlich große Stücke auf Sie. Ich habe bei Ihnen sogar meine Küche und meine Wohnzimmercouch gekauft.

Mit freundlichen Grüßen

J. Sprenzinger

SEGMÜLLER
Polstermöbelfabrik · Einrichtungshäuser

Hans Segmüller Polstermöbelfabrik
GmbH und Co. KG

Karin Jaumann
Personalabteilung
Augsburger Str. 11 – 15
86316 Friedberg
Tel.-Nr. 0821/606-1521
Fax-Nr. 0821/6006-1533
e-mail: karin.jaumann@segmueller.de

Herrn
Jürgen Sprenzinger
Derchinger Str. 19

86444 Bergen

Friedberg, 06.12.2006

Ihr Schreiben vom 19.11.2006

Sehr geehrte Herr Sprenzinger,

leider war es unseren Herrn Zettl nicht möglich, Sie telefonisch zu erreichen, da Ihr Telefonanschluß auch bei der Telekom nicht hinterlegt ist.

Gerne hätte sich der Unterzeichner jedoch persönlich mit Ihnen über Ihre Bewerbung in unserem Unternehmen und das o. g. Schreiben unterhalten.

Hierzu steht Ihnen unser Herr Zettl jederzeit gerne unter der folgenden Telefon-Nr. 0821/ 6006-1418 zur Verfügung.

Wir würden uns freuen wieder von Ihnen zu hören und verbleiben

mit freundlichen Grüßen

gez. T. Zettl

Jürgen Sprenzinger   Derchinger-Str. 19   86444 Bergen

J. Sprenzinger, Derchinger-Str. 19 86444 Bergen

Fa.
Segmüller
Polstermöbelfabrik
z.H. Herrn Zettl
Augsburger Str. 11-15

86316 Friedberg

10.12.06

Ihr Schreiben vom 6.12.2006 auf meine Absage vom 19.11.2006 Ihrer Stellenanzeige in der Augsburger Allgemeinen vom 18. November 2006

Sehr geehrter Herr Zettl,

es tut mir leid, dass Sie mich nicht telefonisch erreichen konnten, ich hätte gerne mit Ihnen telefoniert – normalerweise telefoniere ich mit der Firma Segmüller sehr gerne und lasse mich über die neuesten Angebote informieren.

Doch leider muss ich richtig stellen: Es handelte sich bei meinem oben genannten Schreiben vom 19.11.2006 nicht um eine Bewerbung, sondern um eine klare Absage. Natürlich könnten wir uns theoretisch über meine Absage unterhalten – ich werde die ausgeschriebene Stellung dennoch nicht antreten – da bin ich sehr konsequent. Wenn ich mich einmal entschieden habe, gibt es für mich nie ein Zurück.

Haben Sie deshalb bitte Verständnis, wenn ich Sie unter der Nummer 0821/6006-1418 nicht anrufe. Aber ich kaufe ganz sicher meine nächste Küche bei Ihnen. Momentan suche ich aber leider nur schwarze offene Regale.

Mit freundlichen Grüßen

J. Sprenzinger

SEGMÜLLER
Polstermöbelfabrik · Einrichtungshäuser

Hans Segmüller Polstermöbelfabrik
GmbH und Co. KG

Thomas Zettl
Personalabteilung
Augsburger Str. 11 - 15
86316 Friedberg
08 21 / 60 06 - 14 18
08 21 / 60 06 - 29 14 18
thomas.zettl@segmueller.de

Herr
Jürgen Sprenzinger
Derchinger Str. 19

86444 Bergen

Friedberg, 18.12.2006

Ihr Schreiben vom 10.12.2006

Sehr geehrter Herr Sprenzinger,

wir bedanken uns für Ihr Schreiben vom 10.12.2006.

Gerne hätte sich der Unterzeichner persönlich mit Ihnen unterhalten, da es in unserem Unternehmen in der Regel üblich ist, dass sich Menschen auf Stellenausschreibungen bewerben. Umso verblüffender für uns die Tatsache, das Sie uns schriftlich mitteilen, dass Sie sich auf die von uns ausgeschriebene Stelle nicht bewerben wollen. Dies ist äußerst unüblich und in der Praxis nicht gängig.

Bitte teilen Sie uns doch mit, in wie weit wir an dieser Stelle behilflich sein können.

Mit freundlichen Grüßen

Thomas Zettl

Jürgen Sprenzinger   Frieda-Forster-Str. 49   86399 Straßberg

J. Sprenzinger, Frieda-Forster-Str. 49 86399 Straßberg

Team Work Personal per Sofort GmbH
z.H. Frau Günther
Leopoldstraße 18

80802 München

13. Okt. 2006

Ihre (Stellen)anzeige in der Süddeutschen Zeitung vom 7. Oktober 2006

Sehr geehrte Frau Günther,

hiermit teile ich Ihnen mit, dass ich mich weder bei Ihnen bewerben will noch eine Stelle suche oder meine berufliche Zukunft mit Ihnen sichern will.

Ich kenne Sie überhaupt nicht und Sie mich wahrscheinlich auch nicht, was mich verwundert, da ich einen großen Bekanntenkreis habe und in meiner Gegend bekannt bin wie ein bunter Hund. Aber da ich Ihrer Anzeige entnehmen konnte, dass Sie 25jähriges Jubiläum haben, habe ich mir gedacht, ich gratuliere Ihnen einfach mal.

Also: Herzlichen Glückwunsch zum 25jährigen Firmenjubiläum! Mögen die nächsten 25 Jahre ebenso erfolgreich sein wie die vergangenen.

Ich gratuliere Ihnen auch deshalb, damit Sie, falls wir uns doch einmal aus irgend einem Grund kennen lernen sollten, gleich wissen: Aha, das ist der, der mir zum 25jährigen Jubiläum gratuliert hat, obwohl er mich überhaupt nicht kennt.

Man muss sich ja auch nicht kennen, um jemandem zu gratulieren. Ich hab auch schon Bill Clinton, Königin Elisabeth, Gerhard Schröder, Theo Waigel und Helmut Kohl gratuliert. Helmut Kohl hab ich sogar eine CD zum Geburtstag geschickt, weil er sich so wahnsinnig lang als Bundeskanzler gehalten hat.

Sie sehen also, Sie sind in guter Gesellschaft, denn ich gratuliere nur einem ganz elitären Personenkreis.

Mit freundlichen Grüßen

J. Sprenzinger

PS: Das Foto von Ihnen ist übrigens klasse! Das hat was.

'TeamWork'
Personal per Sofort

Herrn
Jürgen Sprenzinger
Frieda-Forster-Straße 49

86399 Straßberg

18.10.2006

Ihr Schreiben vom 13.10.06

Sehr geehrter Herr Sprenzinger,

vielen herzlichen Dank für Ihren Brief und Ihre Gratulation.
Wir haben uns sehr darüber gefreut und wünschen auch Ihnen alles Gute für die Zukunft.

Mit freundlichen Grüßen

V. Hoßbach

i. V.
V. Hoßbach

'TeamWork' Personal per Sofort GmbH · Leopoldstraße 18/III · 80802 München
Telefon 0 89/333 041 · Telefax 0 89/335 731
e-mail: dispo@teamwork-zeitarbeit.de · internet: www.teamwork-zeitarbeit.de
Geschäftsführer: Marie-Luise Günther-Mak · HRB 65812 · Amtsgericht München

Jürgen Sprenzinger Frieda-Forster-Str. 49 86399 Straßberg

J. Sprenzinger, Frieda-Forster-Str. 49 86399 Straßberg

Fa.
Michael Schulten
Kartwinkel 92

48163 Münster

24.09.2006

Ihre Stellenanzeige in der Frankfurter Allgemeinen vom 23. September 2006

Sehr geehrte Damen und Herren,

Ihre Stellenanzeige hat mich sehr angesprochen, doch leider muss ich Ihnen mitteilen, dass ich mich aus verschiedenen Gründen nicht bei Ihnen bewerben kann, so gern ich das auch getan hätte.

Normalerweise wäre der Einstiegsbetrag in Ihr Geschäft von 29.500 Euro für mich ein Pipikram. Momentan aber hat mich das Schicksal arg gebeutelt. Mein Hund wurde krank (Tierarztkosten 2000 Euro), ich brauchte unbedingt ein neues Mountain Bike, da mein altes schon sehr zerkratzt war (3500 Euro), mein Boot, das im Hafen von Albufeira (Portugal) liegt, war reparaturbedürftig (12000 Euro), meine Rolex war auch kaputt (Reparaturkosten etwa 2500 Euro), bei meinem Ferrari hat mir so ein Idiot den Außenspiegel beschädigt (2800 Euro) und weil das alles noch nicht reicht, hat meine Freundin unbedingt ausgerechnet jetzt einen neuen Pelzmantel für den kommenden Winter gebraucht (24.600 Euro). Sie wissen ja: Wenn sich diese jungen Dinger etwas einbilden, dann hat man kaum eine Chance.

Dummerweise habe ich ausgerechnet jetzt Probleme mit meinem Geldscheißer. Er ist krank. Es wird also sicherlich noch einige Zeit dauern, bis ich wieder liquide bin.

Ich melde mich aber dann umgehend bei Ihnen.

Mit freundlichen Grüßen

Jürgen Sprenzinger Frieda-Forster-Str. 49 86399 Straßberg

J. Sprenzinger, Frieda-Forster-Str. 49 86399 Straßberg

Gesobau AG
z.H. Herrn Jan-Henrik Kneiser
Wilhelmsruher Damm 142

13439 Berlin

24.09.2006

Ihre Stellenanzeige in der Frankfurter Allgemeinen vom 23. September 2006

Sehr geehrter Herr Kneiser,

Anders sehen, anders denken, Dinge verändern! Dieses Motto auf Ihrer Stellenanzeige hat mich sofort angesprochen und ist mir ins Auge gesprungen. Ich sehe und denke schon lange anders. Das hat im Sommer 1993 nach einem Gewitter angefangen. Ich wurde damals vom Blitz getroffen. Seit dem sehe ich alle Dinge anders herum. Ich wurde sozusagen innerlich völlig umgedreht.

Aus diesem Grund kann ich mich leider nicht auf Ihre Stellenanzeige bewerben, sondern bin gezwungen, Ihnen abzusagen, obwohl ich sicherlich gerne einige Dinge verändert hätte.

Sie schreiben in Ihrer Stellenanzeige weiter, dass ich die Dinge ruhig auf den Kopf stellen soll – Sie würden mich dabei unterstützen. Sollten Sie demnach also bereit sein, mir für meine Nichttätigkeit in Ihrem Hause ein monatliches Gehalt zu überweisen, dann lasse ich Ihnen auf Anfrage gerne meine Bankverbindung zukommen.

Mit freundlichen Grüßen

J. Sprenzinger

Jürgen Sprenzinger Frieda-Forster-Str. 49 86399 Straßberg

J. Sprenzinger, Frieda-Forster-Str. 49 86399 Straßberg

PA Consulting Group
z.H. Frau Patrizia Spannnagel
Eschersheimer Landstr. 223

60320 Frankfurt

24.09.2006

Ihre Stellenanzeige in der Frankfurter Allgemeinen vom 23. September 2006

Sehr geehrte Frau Spannagel,

um ein Haar hätte ich mich bei Ihnen beworben! Leider muss ich Ihnen mitteilen, dass ich mich schließlich dann doch anders entschieden habe.

Das Foto auf Ihrer Stellenanzeige hat mich sehr irritiert. Ich bin zwar ein Macher, der denkt, und auch ein Denker, der macht, aber das Alter, um mit Modellautos zu spielen, habe ich schon lange überschritten. Wenn ich so was berufsmäßig jeden Tag machen müsste, dann würde ich dabei verzweifeln – selbst dann noch, wenn ich jede Woche mit einem anderen Modellauto spielen dürfte.

Der abgebildete Mitarbeiter auf Ihrer Stellenanzeige geht offensichtlich in seinem Job auf – man sieht das an seinem verklärten Gesichtsausdruck. Aber ich könnte es einfach nicht. Ich bitte Sie deshalb um Verständnis, dass ich mich aus genannten Gründen nicht bewerbe.

Mit freundlichen Grüßen

J. Sprenzinger

Jürgen Sprenzinger Frieda-Forster-Str. 49 86399 Straßberg

J. Sprenzinger, Frieda-Forster-Str. 49 86399 Straßberg

Versicherungskammer Bayern
z. H. Herrn Andreas Zopf
Abt. 2VV01
Warngauer Str. 30

81539 München

24.09.2006

Ihre Stellenanzeige in der Augsburger Allgemeinen vom 23. September 2006

Sehr geehrter Herr Zopf,

herzlichen Dank für Ihre Stellenanzeige in der Augsburger Allgemeinen. Leider kann ich mich jedoch zur Zeit auf keine Stellenanzeige bewerben, da ich momentan anderweitig beschäftigt bin.

Bitte bewerten Sie diese Absage nicht als nachteilige Beurteilung Ihres Unternehmens oder Ihrer persönlichen Qualifikation. Mir ist bekannt, dass die Versicherungskammer Bayern ein sehr solides Unternehmen ist und ich bin deshalb sicher, dass Sie schnell einen anderen Mitarbeiter finden werden, der ebenso hochqualifiziert ist wie ich es wäre.

Ich wünsche Ihnen für Ihren weiteren Lebensweg und auch für Ihr Unternehmen alles erdenklich Gute.

Mit freundlichem Gruß

J. Sprenzinger

Jürgen Sprenzinger Frieda-Forster-Str. 49 86399 Straßberg

J. Sprenzinger, Frieda-Forster-Str. 49 86399 Straßberg

Bosch und Siemens Hausgeräte GmbH
Pers.-Abt. Frau Stefanie Schwegler
Robert-Bosch-Str. 16

89407 Dillingen

24.09.2006

Ihre Stellenanzeige in der Augsburger Allgemeinen
vom 23. September 2006

Sehr geehrte Frau Schwegler,

ich beziehe mich auf Ihre Stellenanzeige in der Augsburger Allgemeinen vom 23. September 2006.

Mittlerweile sind bei mir noch weitere Zeitungen mit Stellenanzeigen eingegangen.

Ich habe letztlich eine Stellenanzeige gefunden, die mir besser gefallen hat und auf die ich mich auch beworben habe.

Ich muss Ihnen daher mitteilen, dass ich Ihre Stellenanzeige für eine Bewerbung nicht berücksichtigen konnte. Sie wurde von mir nach dem aufmerksamen Lesen vorschriftsmäßig und umweltfreundlich in einem speziellen Papiercontainer entsorgt.

Für Ihre Zukunft und die Ihres Unternehmens wünsche ich Ihnen alles Gute.

Mit freundlichen Grüßen

J. Sprenzinger

Jürgen Sprenzinger Frieda-Forster-Str. 49 86399 Straßberg

J. Sprenzinger, Frieda-Forster-Str. 49 86399 Straßberg

KfW Bankengruppe
Herrn Rudolf Jellinek
Palmengartenstr. 5-9

60325 Frankfurt/Main

21.08.2006

Ihre Stellenanzeige in der Frankfurter Allgemeinen vom 19. August 2006

Sehr geehrter Herr Jellinek,

Ihre Stellenanzeige in der Frankfurter Allgemeinen habe ich mit großem Interesse gelesen. Leider muss ich Ihnen aber mitteilen, dass ich mich leider nicht bei Ihnen bewerben kann, da ich eigentlich gar nicht arbeiten will, auch wenn ich sicherlich mit Ihnen gewinnen würde, Sie Potenziale und Stärken entdecken und ich beste Aussichten hätte.

Ich hätte dennoch zwei Fragen: Das Fernglas, das auf dem Bild von dieser Stellenanzeige ist, was ist das für eine Marke? Und könnten Sie mir bitte den Namen und die Telefonnummer der Dame nennen, die es in der Hand hält? Ich würde mich gerne mit ihr in Verbindung setzen wegen diesem Fernglas zwecks Erfahrungsaustausch. Ich möchte nämlich auch so eines. So etwas suche ich schon lange. Vielleicht wären Sie zudem so nett und würden sogar den Preis für mich eruieren?

Für Ihre Mühe danke ich Ihnen ganz herzlich und hoffe, Sie sind mir nicht böse, dass ich mich nicht bewerbe.

Mit freundlichen Grüßen

J. Sprenzinger

KfW BANKENGRUPPE

KfW Bankengruppe • Postfach 11 11 41 • 60046 Frankfurt am Main

Herrn
Jürgen Sprenzinger
Frieda-Forster-Str. 49

86399 Straßberg

Rudolf Jellinek
Unser Zeichen: JII
Telefon: +49 69 7431-2809
E-Mail: Rudolf.Jellinek@kfw.de
Datum: 05.09.2006

Sehr geehrter Herr Sprenzinger,

vielen Dank für Ihre Zuschrift vom 21. August 2006.

Der erste Arbeitstag nach dem Urlaub fängt selten mit erfreulichen Überraschungen an. Mit umso größerem Amüsement habe ich heute Ihren Brief gelesen, gleichwohl Sie mir bereits in den ersten Zeilen mitteilen, dass Sie nicht gedenken, sich auf die offerierte Position zu bewerben. Dies bedauere ich natürlich sehr, zumal Sie sich – so mein Eindruck – recht positiv von unseren Aussagen zu den Entwicklungsmöglichkeiten in der KfW Bankengruppe angesprochen fühlen.

Im Sinne unseres Selbstverständnisses als Förderbank würde ich Ihnen gerne behilflich sein, Ihren Wissensdurst zum Thema „Fernglas" zu stillen. Leider verstehe ich davon aber überhaupt nichts! Selbst ein befreundeter Optiker, Harald R. aus L., kam ins Grübeln, obwohl sein Motto lautet: „Ob nah, ob fern – vertrau den Optikern!" Harald meinte, es könne sich um ein Modell der Firma Zeiss handeln. In Frage kämen aber auch Aiptek, Alpina, Bilora, Bresser, Bushnell, Bynolyt, Canon, Hama, Konika, Leica, Luxon, Meade, Minolta, Minox, Nikon, Olympus, PentaVision oder Pentax. Die Preise variieren zwischen 80 Euro für das Einsteigermodell und 800 Euro für ein Spitzenokular.

Ob die abgebildete Dame Ihnen weiter helfen könnte, vermag ich nicht zu sagen. Sie ist ein Model, das unsere PR-Agentur engagiert hat. Leider verrät mir die Agentur nicht ihren Namen – angeblich wegen Datenschutz!

Gerne hätte ich Sie, sehr geehrter Herr Sprenzinger, bei Ihrer Recherche noch stärker unterstützt, gerade weil Personaler im Rufe stehen, erstens alles und zweitens das auch noch besser zu wissen. Das Gegenteil ist hiermit bewiesen!

Mit freundlichen Grüßen
KfW

R. Jellinek

Rudolf Jellinek

P.S.: Harald, der Optiker, lässt ausrichten, dass er Ihnen bei Bestellung eines Fernglases einen guten Preis machen würde!

KfW • Palmengartenstraße 5–9 • 60325 Frankfurt • Tel.: 069 7431-0 • Fax: 069 7431-2944 • S.W.I.F.T: KFWIDEFF
www.kfw.de • Vorstand: Dr. Peter Fleischer, Dr. Peter Klaus, Wolfgang Kroh, Detlef Leinberger, Ingrid Matthäus-Maier, Hans W. Reich (Sprecher)

erdgas schwaben

Wir sind da, wo unsere Kunden sind.

Als modernes Energiedienstleistungsunternehmen versorgen wir mit unseren 270 Mitarbeiterinnen und Mitarbeitern die Region Schwaben und angrenzende Teilgebiete Oberbayerns mit Erdgas.

Zum nächstmöglichen Termin suchen wir für unsere Abteilung Gas- und Wärmedienstleistung eine/n

Dipl.-Ing. Versorgungstechnik

Ihre Aufgabe

- Wirtschaftlichkeitsberechnungen von
  - Wärmeerzeugungsanlagen
  - Blockheizkraftwerkanlagen
  - Heizkraftwerken (ORC-Technik)
- Erstellen von Wärmelieferangeboten
- Überwachung der Bauausführung
- Optimierung von Prozessen beim Betrieb von Wärmeerzeugungsanlagen
- Mitarbeit im Bereich Biogaseinspeisung ins Erdgasnetz
- Unterstützung des Abteilungsleiters

Ihr Profil

- mehrjährige Berufserfahrung
- eigenverantwortliche und strukturierte Arbeitsweise
- Kreativität, Belastbarkeit
- souveränes Auftreten, gutes Kommunikationsvermögen sowie Spaß an konstruktiver Teamarbeit

Wir bieten

- Freiraum für Ihre Ideen in einem interessanten und abwechslungsreichen Arbeitsumfeld
- ein leistungsgerechtes Gehalt in einem wachstumsorientierten Unternehmen

Ihre Bewerbung mit Angabe Ihres möglichen Eintrittstermins und Ihrer Gehaltsvorstellung richten Sie bitte an:

erdgas schwaben gmbh
Personalabteilung · Postfach 10 15 26 · 86005 Augsburg

Wir sind da, wo unsere Kunden sind.

Jürgen Sprenzinger Frieda-Forster-Str. 49 86399 Straßberg

J. Sprenzinger, Frieda-Forster-Str. 49 86399 Straßberg

Erdgas Schwaben GmbH
Personalabteilung
Postfach 10 15 26

86005 Augsburg

25.09.2006

Ihre Stellenanzeige in der Süddeutschen Zeitung vom 23. September 2006

Sehr geehrte Damen und Herren,

mit Interesse habe ich Ihre Stellenanzeige gelesen und muss Ihnen aber leider mitteilen, dass ich mich bedauerlicherweise nicht bei Ihnen bewerben kann.

Begründung: Sie schreiben, Sie seien da, wo Ihre Kunden sind. Das stimmt überhaupt nicht. Am Samstag war ich in meiner Stammkneipe. Sie waren nicht da. Kein Mensch hat Erdgas Schwaben gesehen, obwohl mein Wirt nachweislich Kunde bei Ihnen ist.

Als ich am Sonntag Vormittag dann in der Kirche war, war Erdgas Schwaben wiederum nicht da. Nun gut, ich bin katholisch und Erdgas Schwaben vielleicht evangelisch, das weiß ich natürlich nicht. Aber der Pfarrer, der immer noch mit Gas kocht und somit Kunde ist, hat Erdgas Schwaben noch nie in der Kirche gesehen.

Ein Freund von mir – kocht auch mit Gas – hat einen schwarzen Labrador-Hund, mit dem er immer im hiesigen Siebentischwald Gassi geht. Auch hier ist Erdgas Schwaben nie dabei, wie er mir erzählt hat. So bleibt ihm nichts anderes übrig, als dem Hund selbst das Bällchen zu werfen.

Ich könnte Ihnen noch viele Beispiele nennen. Tatsache ist, dass Sie nicht da sind, wo Ihre Kunden sind. Und fragt man irgendwo nach Erdgas Schwaben, dann weiß kein Mensch, wo sich Erdgas Schwaben gerade aufhält.

Deshalb haben Sie bitte Verständnis, dass ich – obwohl ich die beruflichen Anforderungen erfüllen würde, mich aufgrund dieser Falschaussage nicht bei Ihnen bewerben kann.

Mit freundlichen Grüßen

Jürgen Sprenzinger Frieda-Forster-Str. 49 86399 Straßberg

J. Sprenzinger, Frieda-Forster-Str. 49 86399 Straßberg

Onmotive GmbH & Co. KG
Personalabteilung Frau Katharina Kunhardt
Schützenstraße 13

51643 Gummersbach

25.09.2006

Ihre Stellenanzeige in der Süddeutschen Zeitung vom 23. September 2006

Sehr geehrte Frau Kunhardt,

ich nehme Bezug auf Ihre Stellenanzeige in der Süddeutschen Zeitung mit dem Motto „Immer schön beweglich bleiben!"

Ich habe Ihre Stellenanzeige sorgfältig geprüft. Da Ihr betrieblicher Werdegang und Ihre durchaus umfangreiche Kompetenz nicht genau mit meinen Kenntnissen und Fähigkeiten übereinstimmen, bedauere ich, Ihnen mitteilen zu müssen, dass ich Ihre Stellenanzeige diesmal leider nicht berücksichtigen kann.

Wenn ich wieder eine Stelle suchen sollte, ziehe ich Sie aber gerne in die engere Wahl.

Für Ihr Unternehmen und Ihr persönliches Weiterkommen in selbigem wünsche ich Ihnen alles Gute.

Mit freundlichen Grüßen

J. Sprenzinger

Finden Sie eine neue Rolle, die zu Ihnen passt.

Die STUTTGARTER ZEITUNG Anzeigengemeinschaft ist Basiswerbeträger im Ballungsraum Stuttgart. Die STUTTGARTER ZEITUNG, die STUTTGARTER NACHRICHTEN und weitere 25 Partnerzeitungen bieten hervorragende Werbemöglichkeiten in einem der führenden Ballungsräume Deutschlands. SONNTAG AKTUELL und eine Reihe von interessanten Themenspecials erweitern unser hochqualitatives Werbeangebot für unsere Kunden. Wir haben zum nächstmöglichen Eintrittstermin folgende Positionen zu besetzen:

– Verkaufsleiter/-in Key Account
– Verkaufsleiter/-in Direktverteilung

Ihre Aufgaben:

- Kompetente Beratung gegenüber Großkunden und Media-Agenturen in allen werberelevanten Fragen
- Gewinnung von Neukunden durch aktive und kontinuierliche Markt- und Wettbewerbsbeobachtung
- Erreichung der festgelegten Umsatzziele
- Verkauf cross-medialer Einzel- oder Paketangebote
- Enge Zusammenarbeit mit allen das Anzeigengeschäft beeinflussenden Entscheidungsträgern/Abteilungen (Kunde, Agentur, Generalvertreter, Markt- und Media-Service, Innendienst, Disposition, Druck, Vertrieb)

Ihr Profil:

- Ausbildung als Verlagskauffrau/-mann oder eine vergleichbare Ausbildung
- Alternativ: abgeschlossenes, fachbezogenes Studiun.
- Langjährige Verkaufserfahrung im Großkundenbereich bzw. in der Direktverteilung
- Selbstständige und eigenverantwortliche Arbeitsweise
- Team- und Kommunikationsfähigkeit
- Hohes Maß an Motivation und Flexibilität
- Fähigkeit, kundenorientiert zu denken und zu handeln
- Umfassendes Markt- und Media-Wissen

Ihre aussagekräftigen Bewerbungsunterlagen (tabellarischer Lebenslauf, Zeugnisse sowie Angaben zum Kündigungstermin und zu Ihren Gehaltsvorstellungen) senden Sie bitte an: **STUTTGARTER ZEITUNG Werbevermarktung GmbH & Co. KG, Anzeigenleitung, Postfach 10 60 32, 70049 Stuttgart.**

STUTTGARTER ZEITUNG

ANZEIGENGEMEINSCHAFT

Jürgen Sprenzinger Frieda-Forster-Str. 49 86399 Straßberg

J. Sprenzinger, Frieda-Forster-Str. 49 86399 Straßberg

Stuttgarter Zeitung Werbevermarktung
Anzeigenleitung
Postfach 10 60 32

70049 Stuttgart

25.09.2006

Ihre Stellenanzeige in der Süddeutschen Zeitung vom 23. September 2006

Sehr geehrte Damen und Herren,

ich danke Ihnen für Ihre Stellenanzeige in meinem Exemplar der Süddeutschen Zeitung und Ihrem mir damit entgegen gebrachten Interesse an meiner Person.

Aufgrund der Vielzahl der vorhandenen Stellenanzeigen kann ich nicht jeder Stellenanzeige die Chance einer Bewerbung geben. Leider muss ich Ihnen mitteilen, dass ich Ihre Stellenanzeige nicht berücksichtigen konnte. Ich bitte Sie, darin kein persönliches Werturteil Ihres Unternehmens zu sehen, sondern allein die Entscheidung eines sachbezogenen Auswahlvorganges.

Ich bedauere, Ihnen leider keine Bewerbung zukommen lassen zu können und verbleibe

mit freundlichen Grüßen

J. Sprenzinger

Jürgen Sprenzinger Frieda-Forster-Str. 49 86399 Straßberg

J. Sprenzinger, Frieda-Forster-Str. 49 86399 Straßberg

Timecraft GmbH
Dachauer Straße 44

80335 München

25.09.2006

Ihre Stellenanzeige in der Süddeutschen Zeitung vom 23. September 2006

Sehr geehrte Damen und Herren,

eine geschlagene Stunde lang hab ich Ihre Stellenanzeige mit Interesse rauf und runter gelesen, aber ich bin dermaßen verwirrt, dass ich mich entschlossen hab, mich nicht bei Ihnen zu bewerben.

Ich bin nach reiflicher Überlegung zu dem Schluss gekommen, dass ich für Ihr Unternehmen nicht kualifizirt genug bin, denn was Sie da alles wollen, kann ich einfach nicht. Das schafft kein Mensch – nicht in einem Leben. Da bräuchte ich ja einen Kopf wie ein Elefant. Ich habe zwar einen relatif hohen Inteligenzkwozienten von 78 und bin saumäßig lernfähig, aber das – nein, das pack ich einfach nicht. Soviele Berufe, da kann ich nicht mithalten. Ausserdem hat der Mensch ja noch ein Privatleben.

Ich bitte Sie deshalb um Verständnis für meine Absage, aber für so viele neue Aufgaben bin ich einfach noch nicht reif.

Mit freundlichen Grüßen

J. Sprenzinger

Die E.ON Ruhrgas AG sucht für den Bereich LNG-Technik in Essen eine/n

Leiter/in LNG-Technik – Liquefaction

Ihre Aufgaben

- Konzeptionierung bzw. Bewertung technischer Konzepte in strategisch bedeutsamen internationalen Projekten zur LNG-Verflüssigung
- Bewertung der technischen Prozesse in Onshore-/Offshore-LNG-Verflüssigungsprojekten
- Bewertung der Machbarkeit und des Kostenrahmens von LNG-Verflüssigungsprojekten
- Erarbeitung des Termin-, Qualitäts- und Investitionsrahmens
- Vorbereitung und Begleitung von Bieterverfahren und Umsetzung in integrierten LNG-Projekten
- Wahrnehmung der Bauherren-Funktion in LNG-Verflüssigungsprojekten bzw. Vertretung der E.ON Ruhrgas-Interessen in Konsortien
- Fachliche und disziplinarische Führung der Einheit

Ihr Profil

- Erfolgreich abgeschlossenes Hochschulstudium als Dipl.-Ing., z.B. in Verfahrenstechnik/Maschinenbau
- Mindestens 2 Jahre Berufserfahrung
- Gute Kenntnisse in Planung und Betrieb von LNG-Verflüssigungsanlagen und der einschlägigen internationalen Regelwerke und Standards
- Projektmanagementerfahrung
- Erfahrungen in der Arbeit in interdisziplinären und internationalen Teams
- Verhandlungssichere Englisch-Kenntnisse

Für Rückfragen steht Ihnen Herr Dr. Stefan Mertes unter der Rufnummer 0201/184-4457 gern zur Verfügung.

Interessiert? Wir freuen uns auf Ihre Bewerbung! Bitte bewerben Sie sich online über **http://karriere.eon-ruhrgas.com** und geben Sie unter „Konzernstellenmarkt" die Kenn-Nr. **ER-0906-1751** ein.

Bei der E.ON Ruhrgas AG werden Sie Mitarbeiter im international operierenden E.ON-Konzern, dem größten privaten Strom- und Gasdienstleister mit rund 80.000 Mitarbeitern weltweit. Die E.ON Ruhrgas AG ist mit einem Erdgasabsatz von gut 690 Milliarden Kilowattstunden (kWh) 2005 die Nr. 1 in Deutschland und gehört damit zu den führenden Gasgesellschaften Europas. Als international tätige Gasgesellschaft sichern wir die bedarfsgerechte Versorgung unserer Kunden durch langfristige Bezugsverträge mit in- und ausländischen Erdgasproduzenten. Mit derzeit mehr als 13.000 Mitarbeitern konzernweit hat die E.ON Ruhrgas AG 2005 einen Umsatz von rund 18 Milliarden Euro erzielt.

Vor dem Hintergrund, den Gasbezug auf breiter Basis auszubauen und damit die Versorgungssicherheit langfristig zu stärken ist verflüssigtes Erdgas (LNG) eine vielversprechende Option. E.ON Ruhrgas beschäftigt sich intensiv mit diesem Thema. Über eine Beteiligungsgesellschaft verfügt das Unternehmen über einen LNG-Terminalstandort in Wilhelmshaven. Ein weiterer Standort ist in Kroatien in Planung.

E.ON Ruhrgas AG
Personalabteilung
Huttropstraße 60
45138 Essen

DEUTSCHLANDS BESTE ARBEITGEBER 2006 Capital

BEST WORKPLACES IN EUROPE 2006

e·on | Ruhrgas

Jürgen Sprenzinger Frieda-Forster-Str. 49 86399 Straßberg

J. Sprenzinger, Frieda-Forster-Str. 49 86399 Straßberg

E.ON Ruhrgas AG
Personalabteilung
Huttropstraße 60

45138 Essen

25.09.2006

Ihre Stellenanzeige in der Süddeutschen Zeitung vom 23. September 2006

Sehr geehrte Damen und Herren,

ich danke Ihnen für das Erscheinen Ihrer Stellenanzeige in meiner Süddeutschen Zeitung und freue mich über Ihr Interesse an meiner eventuellen Mitarbeit in Ihrem Hause.

Da in der Süddeutschen Zeitung mehrere Stellenanzeigen erschienen sind und jede sorgfältig geprüft werden muss, werde ich für die Durchsicht noch einige Zeit benötigen.

Ich hoffe aber, Ihnen schon bald eine Bewerbung zukommen lassen zu können und verbleibe bis dahin

mit freundlichen Grüßen

J. Sprenzinger

Jürgen Sprenzinger Derchinger-Str. 19 86444 Bergen

J. Sprenzinger, Derchinger Str. 19, 86444 Bergen

E.ON Ruhrgas AG
Personalabteilung
Huttropstraße 60

45138 Essen

08.01.2007

Ihre Stellenanzeige in der Süddeutschen Zeitung vom 23. September 2006

Sehr geehrte Damen und Herren,

leider hat es mit der Durchsicht der Stellenangebote einige Zeit gedauert, da ich zwischenzeitlich auch noch die Stellenangebote in der Frankfurter Allgemeinen und natürlich in der Augsburger Allgemeine studiert habe. Leider muss ich Ihnen absagen, da ich umgezogen bin, zwischenzeitlich in meinem neuen Garten eine Ölquelle entdeckt habe und gerade dabei bin, Bohrungen in demselben vorzunehmen und somit zeitlich überhaupt nicht in der Lage wäre, bei Ihnen zu arbeiten.

Ich bitte um Ihre Kenntnisnahme und Ihr Verständnis und hoffe, Sie haben zwischenzeitlich einen geeigneten Mitarbeiter gefunden, der Ihren Ansprüchen gerecht wird.

Mit freundlichen Grüßen

J. Sprenzinger

Jürgen Sprenzinger Frieda-Forster-Str. 49 86399 Straßberg

J. Sprenzinger, Frieda-Forster-Str. 49 86399 Straßberg

Dirk Rossmann GmbH
Personalabteilung
Isernhäger Str. 16

30938 Burgwedel

24.09.2006

Ihre Stellenanzeige in der Frankfurter Allgemeinen vom 23. September 2006

Sehr geehrte Damen und Herren,

Ihre Stellenanzeige in der Frankfurter Allgemeinen hat mich zwar sehr angesprochen, leider muss ich Ihnen aber mitteilen, dass ich mich bei Ihnen nicht bewerben kann, obwohl ich von der Qualifikation her durchaus für die Stelle geeignet wäre.

Sie suchen starke Mitarbeiter. Leider bin ich nicht sonderlich stark, sondern habe schon als Kind geschwächelt. Bereits im zarten Alter von vier Jahren wurden mir die Mandeln und die Nasenpolypen entfernt, da ich immer erkältet war.

Auch heute bin ich mit einer Körpergröße von 1,83 und einem Gewicht von etwa 59 Kilo nicht gerade der Stärkste. An manchen Tagen, besonders an heißen Sommertagen, wenn ich sehr schwitze, dann wiege ich oft nur noch 57,4 Kilo. Vor einem Jahr hatte ich einen Magendurchbruch, weil selbst mein Magen zu schwach war, seinen Inhalt zu halten.

Ich hoffe, Sie können meine Nichtbewerbung nachvollziehen. Der Fairness halber teile ich Ihnen aber auch mit, dass ich mich bei keinem Konkurrenzunternehmen wie beispielsweise der Fa. Schlecker oder Drogerie Müller bewerben werde. Ich stelle somit also keine Gefahr für Ihr Unternehmen dar.

Mit freundlichen Grüßen

J. Sprenzinger

ROSSMANN

Dirk Rossmann GmbH • Postfach 13 62 • 30929 Burgwedel

Herrn
Jürgen Sprenzinger
Frieda-Forster-Str. 49
86399 Straßberg

Mein Zeichen	Ihr Zeichen	Bearbeiter	E-Mail	Telefax	Telefon	Burgwedel
SG		S.Gutsch	Silke.Gutsch@rossmann.de	(05139) 898-4338	(05139) 898-4572	27.09.2006

Ihre Bewerbung

Sehr geehrter Herr Sprenzinger,

vielen Dank für Ihr Bewerbungsschreiben und das somit an unserem Unternehmen gezeigte Interesse.

Leider haben Sie uns keine Bewerbungsunterlagen beigefügt, so dass wir Ihre Bewerbung nicht bearbeiten können. Wir bitten Sie, uns Ihre vollständigen Bewerbungsunterlagen zuzusenden.

Da wir bei der Vielzahl der eingehenden Bewerbungen Ihr Anschreiben leider nicht aufbewahren können, bitten wir Sie daher, dieses ebenfalls noch einmal Ihren Bewerbungsunterlagen beizulegen.

Mit freundlichen Grüßen

Dirk Rossmann GmbH
Personalabteilung

i. A. S. Gutsch

Silke Gutsch

Dirk Rossmann GmbH Isernhägener Straße 16 30938 Burgwedel Telefon (05139) 898-0 Telefax (05139) 898-4999	Bankverbindung: Stadtsparkasse Hannover Kto.-Nr. 535 931 (BLZ 250 501 80) Dresdner Bank AG Kto.-Nr. 72 88 219 00 (BLZ 250 800 20)	Gerichtsstand: Burgwedel UST-IdNr.DE: 115055186 Handelsregister-Nr.: HRB 32 93 Amtsgericht Hannover	Geschäftsführer: Dirk Rossmann Klaus Praus Roland Frobel

Die Apollo-Optik Holding ist mit über 489 Filialen der größte Optiker im deutschen Markt und seit 1998 Mitglied der Pearle-Gruppe, dem größten Optikunternehmen in Europa.

Mitglied von

Pearle Europe

www.pearle-europe.com

Sie suchen einen Top-Job der Sie begeistert? Lesen Sie weiter!

Wir sind ein stark wachsendes Unternehmen. Qualifiziertes Fachpersonal gewährleistet für unsere Kunden ein Höchstmaß an Qualität und Service – die Grundlage für die langfristige Zufriedenheit der Kunden und damit für unser weiteres Wachstum.

Zur Unterstützung unserer Tochtergesellschaften und Verstärkung des CompetenceCenters, mit Standort Schwabach, suchen wir im Namen der Konzernzentrale Pearle Europe einen

Navision Spezialisten (m/w)

Ihre Position:
Sie betreuen eigenverantwortlich unsere europäischen Tochtergesellschaften im Bereich Navision. Ihr Aufgabengebiet umfasst die Entwicklung und Einführung neuer Kernmodule auf Basis Microsoft Dynamics NAV, die Integration vorhandener Applikationen sowie die Pflege, Weiterentwicklung und Migration der bereits bestehenden Entwicklungen.

Sie stimmen die Anforderungen eigenverantwortlich mit den nationalen und internationalen Fachabteilungen sowie den externen Partnern ab und betreuen ihr Aufgabengebiet bis zur erfolgreichen Übergabe in die Produktion. Dazu gehören neben dem kontinuierlichen Austausch mit internationalen Spezialisten auch die ständige persönliche und fachliche Weiterentwicklung.

Ihr Profil:
- Studium der Informatik oder vergleichbare Ausbildung
- Erfahrungen im Umfeld MS Dynamics NAV (Navision)
- Erweiterte Kenntnisse der Navision Entwicklungswerkzeuge C/SIDE und C/AL
- Kenntnisse im Bereich rationaler Datenbanken (MS SQL Server)
- Verhandlungssichere Englischkenntnisse und Reisebereitschaft runden Ihr Profil ab

Projektmanager (m/w)

Ihre Position:
Sie leiten eigenverantwortlich Projekte zur Implementierung unserer Warenwirtschaftslösung (Navision), unseres POS Systems oder anderweitiger Software im Auftrag unserer Tochtergesellschaften. Im Rahmen der Projektleitung berichten Sie direkt an die Geschäftsführung oder an den verantwortlichen CIO. Die Kontrolle und Nachverfolgung von Meilensteinen und des Budget gehören ebenso zu Ihren Aufgaben wie die Lenkung und Steuerung des Projektteams.

Darüber hinaus können Sie, komplexe Sachverhalte analysieren, pragmatische Problemlösungen konzipieren und diese an unterschiedliche Zielgruppen kommunizieren. Die Fähigkeiten, prozesstechnische und organisatorische Sachverhalte verständlich, grafisch ansprechend und überzeugend darzustellen, gehören auch zu Ihrem Portfolio.

Ihr Profil:
- Studium der Informationstechnologie oder Wirtschaftsinformatik
- Erfahrungen als Projektleiter z. B. mit multinationalen Projektteams
- Erfahrungen in den Bereichen Groß- und Einzelhandel, Filialorganisation und der dahinter stehenden Geschäftsprozesse
- Kenntnisse auf den Gebieten des Software Engineering und des GUI Design
- Verhandlungssicheres Englisch und Reisebereitschaft
- Führungserfahrungen im angesprochenen Bereich

Was wir bieten:
Eine interessante und herausfordernde Aufgabe im internationalen Umfeld, vielfältige persönliche Entwicklungsmöglichkeiten und leistungsgerechte Bezahlung.

Überzeugen Sie uns!
Bitte senden Sie Ihre Unterlagen mit Angabe Ihrer Gehaltsvorstellung an:

Apollo-Optik
Holding GmbH & Co. KG
Personalabteilung
Wallenrodstraße 3
91126 Schwabach
bewerbung@apollo-optik.com

Für erste Fragen steht Ihnen Herr Dronsz unter Tel. 09122/831-270 gerne zur Verfügung.

Wir haben nur Ihre Augen im Kopf.

APOLLO OPTIK

Jürgen Sprenzinger Frieda-Forster-Str. 49 86399 Straßberg

J. Sprenzinger, Frieda-Forster-Str. 49 86399 Straßberg

Apollo Optik
Holding GmbH & Co. KG
Personalabteilung
Wallenrodstr. 3

91126 Schwabach

01.10.2006

Ihre Stellenanzeige in der Süddeutschen Zeitung vom 30. September 2006

Sehr geehrte Damen und Herren,

Ihre Stellenanzeige in der Süddeutschen Zeitung habe ich mit Interesse gelesen. Leider muss ich Ihnen mitteilen, dass ich mich nicht bei Ihnen bewerben kann, da ich kein Gesicht habe, das auf einem geometrischen Raster basiert. Ich habe eher einen Kartoffelkopf mit unterschiedlichen Gesichtshälften und eine Knollennase. Außerdem sind meine Ohren zu groß. Zumindest behauptet das meine Frau, wobei man ihr nicht alles glauben darf. Sie behauptet so einiges. Erst neulich hat sie mir vorgeworfen, ich wäre im Bett eine Niete. Stimmt gar nicht. Bei meiner Freundin klappt es ja auch völlig problemlos. Aber das nur am Rande.

Ich hoffe, Sie können meine Gründe nachvollziehen und sind mir nicht böse, wenn ich von einer Bewerbung Abstand nehme. Ich wollte Ihnen das lediglich mitteilen, damit Sie informiert sind.

Mit freundlichen Grüßen

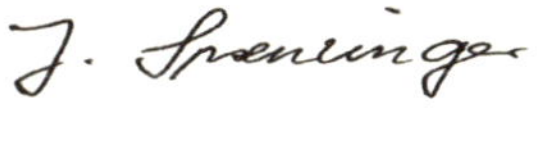

Jürgen Sprenzinger Frieda-Forster-Str. 49 86399 Straßberg

J. Sprenzinger, Frieda-Forster-Str. 49 86399 Straßberg

Computershare GmbH
Human Resources
Prannenstraße 8

80333 München

1.10. 2006

Ihre Stellenanzeige in der Frankfurter Allgemeinen vom 30. September 2006

Sehr geehrte Damen und Herren,

Ihre Stellenanzeige in der Frankfurter Allgemeinen mit der Überschrift „fokussieren... Sie denken an nichts anderes ..." habe ich mit hochgespanntem Interesse gelesen und ich fühlte mich sogleich angesprochen.

Tatsache ist: Ich denke tatsächlich immer nur an das eine ... Und fokussiert habe ich schon immer gerne, bereits als Knabe im zarten Alter von vier Jahren ging das los. Vermutlich war ich frühreif, denn Kinder fokussieren in diesem Alter in der Regel noch nicht oder nur ganz selten.
Bei mir läuft das grundsätzlich in drei Stufen ab: Zuerst denke ich an nichts anderes, dann fokussiere ich und schließlich beiße ich mich fest.

Mein Lebensmotto lautete immer: Anschleichen – anknurren – festbeißen.

Bitte beachten Sie: Hier handelt es sich nicht um eine Bewerbung auf Ihre Stellenanzeige, weil ich eigentlich gar nicht arbeiten will. Arbeit ist der größte Quatsch, weil man damit unheimlich viel Zeit verschwendet. Ich wollte Ihnen aber mitteilen, dass mich Ihre Stellenanzeige sehr angesprochen hat, weil ich tatsächlich an nichts anderes denke ... Ich hatte sofort das Gefühl, Sie haben mich durchschaut.

Mit freundlichen Grüßen

J. Sprenzinger

Produktmanager Außenleuchten

Unser Kunde ist ein führendes, internationales, innovatives mittelständiges Unternehmen der Leuchtenbranche. Am Firmensitz im südlichen NRW werden exclusive, hochwertige Markenprodukte entwickelt, gefertigt und vertrieben.

Wen wir erwarten: Idealerweise verfügen Sie über ein techn. Studium, z.B. der Architektur oder der E-Technik, mehrjährige Berufserfahrung im Produktmanagement und der Lichttechnik der Außenleuchtenindustrie. Sie pflegen bereits heute trag- und ausbaufähige Kontakte u.a. zu Architekten, Licht- und Stadtplanern, Projektentwicklern und Bauämtern, sind begeistert von Design und Form und besitzen fundierte Marketingkenntnisse. Gute Kommunikationsfähigkeiten, hohe Eigenmotivation, Überzeugungsfähigkeit und Eigenverantwortung runden Ihr Persönlichkeitsbild positiv ab.

Was Sie erwarten können: Eine hoch interessante, gestalterische Aufgabe, bei der Sie mit Kreativität, Produkt-Markt- und Wettbewerbskenntnissen den Bereich Produktmanagement verantwortlich leiten und prägen können. Die Realisierung der geplanten Erweiterung des Produktportfolios sowie die Verantwortung eines erfolgreichen Relaunch der Markenproduktpalette obliegt Ihnen. Die Konzeption und Durchführung von Produktschulungen ebenso wie die Preispositionierung und die Trendbeobachtung gehören in Ihr Verantwortungsgebiet. Als Kenner der Außenleuchtenbranche sind Ihnen die neuesten technischen Entwicklungen und das Vermarktungspotenzial bekannt. Sie berichten direkt an den Geschäftsführer und dürfen ein der Bedeutung der Position angemessenes Einkommen und entsprechende Sozialleistungen erwarten.

Düsseldorf
Frankfurt

SCS

Ihre kompletten Bewerbungsunterlagen senden Sie bitte unter der Kennziffer **2878** an die SCS Personalberatung GmbH. Dort steht Ihnen Frau Erika E.S. Otto für erste telefonische Auskünfte zur Verfügung. Sie freut sich auf Ihre Bewerbung und bürgt für absolute Diskretion.

SCS Personalberatung GmbH
Emanuel-Leutze-Straße 4
40547 Düsseldorf
Telefon: 0211 / 52 69 – 150
E-Mail: scs-dus@scs-personalberatung.de
Internet: www.scs-personalberatung.de

SCS Personalberatung
Düsseldorf • Frankfurt

Jürgen Sprenzinger Frieda-Forster-Str. 49 86399 Straßberg

J. Sprenzinger, Frieda-Forster-Str. 49 86399 Straßberg

SCS Personalbetreuung GmbH
Emanuel-Leutze-Str. 4

40547 Düsseldorf

1.10. 2006

Ihre Stellenanzeige in der Frankfurter Allgemeinen vom 30. September 2006

Sehr geehrte Damen und Herren,

mit Interesse habe ich Ihre Stellenanzeige in der Frankfurter Allgemeinen gelesen. Sie suchen einen „Produktmanager Außenleuchten".

Leider weiß ich nicht, ob diese angebotene Stellung für mich geeignet ist und frage deshalb auf diesem Wege an, ob diese Stellung für mich geeignet ist, da ich Ihnen nicht gleich von vorne herein absagen möchte.

Ich hatte bislang mit Außenleuchten wenig Berührung, da ich eigentlich auf Taschenlampen spezialisiert bin – überwiegend auf Stabtaschenlampen in den Größen von 15 bis 45 cm Stiellänge mit einfachem Kippschalter und bis zu einer Lichtstromstärke von etwa 10 Candela unter Einsatz von engstrahlenden, tiefstrahlenden, breitstrahlenden und asymmetrisch strahlenden Glühbirnen mit hochfokussierendem Reflektor.

Selbstverständlich wäre ich gerne bereit, mich zukünftig auch mit dem Thema Außenleuchten zu befassen. Licht war für mich immer schon ein wichtiges Thema, denn ohne Licht herrscht nichts als Dunkelheit – und das wäre für uns alle schrecklich.

Für eine schnelle Antwort wäre ich Ihnen sehr dankbar.

Mit freundlichen Grüßen

Jürgen Sprenzinger Frieda-Forster-Str. 49 86399 Straßberg

J. Sprenzinger, Frieda-Forster-Str. 49 86399 Straßberg

Maschinenfabrik Reinhausen GmbH
z.H. Frau Daniela Bauderer
Falkensteinstraße 8

93059 Regensburg

1.10. 2006

Ihre Stellenanzeige in der Süddeutschen Zeitung vom 30. September 2006

Sehr geehrte Frau Bauderer,

Ihre Stellenanzeige in der Süddeutschen Zeitung habe ich gelesen. Sie schreiben, Sie möchten meine Ideen haben.

Das glaube ich Ihnen aufs Wort. Aber Sie kriegen meine Ideen nicht. Ich habe momentan Bewerbungsstopp und bin erst wieder in der Lage, mich ab Januar 2007 zu bewerben.

Wenn Sie meine Ideen bis dahin noch benötigen, dann stelle ich Sie Ihnen ab diesem Zeitpunkt zur Verfügung. Dann geht der Punkt aber echt ab.

Mit freundlichen Grüßen

J. Sprenzinger

Wie senkt ein leckerer Brotaufstrich gleichzeitig den Cholesterinspiegel?

Wie bringt man Sonnencreme auf die Haut, ohne sie anzufassen?

Wie bohrt man mit Palmkernöl nach Erdöl?

We know how. Die intelligente Spezialchemie von Cognis steckt in Markenprodukten für die Trendmärkte Wellness, Ernährung und Gesundheit. Aber auch – in Lacken & Farben, Pflanzenschutzmitteln oder Hightech-Textilien.

Global aufgestellt. Mit ca. 8.000 Mitarbeitern in rund 30 internationalen Produktions- und Service-Standorten sind wir Global Player, die namhafte Hersteller von der Idee bis zum Endprodukt unterstützen.

Erfolgsgeschichte. Heute im Besitz internationaler Investoren, ist Cognis ein erfahrenes, eigenständiges Unternehmen mit einem Jahresumsatz in 2005 von rund 3,176 Mrd. € und Kunden in über 100 Ländern.

Formel Natur. Als einer der führenden Hersteller von Spezialchemie setzt Cognis auf die Logik der Natur: Aus nachwachsenden Rohstoffen entstehen leistungsstarke Produkte im Einklang mit Mensch und Umwelt.

Wer passt zu Cognis? Alle, die etwas bewegen wollen, die Freude an Leistung und persönlichem Engagement haben, die sich mit ihren Ideen und Visionen einbringen wollen, in ein Unternehmen im Wandel, das sich für die Zukunft viel vorgenommen hat.
Think Cognis.

Welche

Visionen

wollen Sie verwirklichen?

Kostenrechner (m/w)

Ihre Aufgaben:

- Proaktive Betreuung des Fachbereiches Produktion bei der Steuerung aller relevanten Prozesse
- Überwachung der Wirtschaftlichkeit des Wertschöpfungsprozesses (Kostenstellenrechnung und Kalkulation)
- Bereitstellung von (produktionsrelevanten) Managementinformationen als Basis zur Entscheidungsfindung und Steuerung des Geschäftes
- Schnittstelle bei betriebswirtschaftlichen Fragestellungen im Umfeld Produktion/Business
- Ausbilder der kaufmännischen Auszubildenden/BA-Studenten

Ihr Profil:

- Studium der Betriebswirtschaft (FH) oder gleichwertige Ausbildung
- Englisch in Wort und Schrift
- SAP- und MS-Office-Kenntnisse
- Teamfähigkeit, Eigenmotivation und Engagement

Unser Angebot: Mit dieser herausfordernden Aufgabe übernehmen Sie schnell Verantwortung und werden Teil einer beweglichen und internationalen Mannschaft. Freuen Sie sich auf eine leistungsorientierte Vergütung und attraktive Sozialleistungen. Ihre berufliche und persönliche Entwicklung unterstützen wir mit individuellen Weiterbildungsangeboten.

cognis.
we know how

Welcome on board: Ihre Bewerbungsunterlagen senden Sie bitte an:
Cognis Deutschland GmbH & Co. KG
Standort Illertissen
Dr. Bernd Rochau
Robert-Hansen-Str. 1
89257 Illertissen
E-Mail: bernd.rochau@cognis.com
www.cognis.com

Jürgen Sprenzinger Frieda-Forster-Str. 49 86399 Straßberg

J. Sprenzinger, Frieda-Forster-Str. 49 86399 Straßberg

Cognis Deutschland GmbH & Co. KG
Standort Illertissen
z. H. Herrn Dr. Bernd Rochau
Robert-Hansen-Str. 1

89257 Illertissen

01.10.2006

Ihre Stellenanzeige in der Süddeutschen Zeitung vom 30. September 2006

Sehr geehrter Herr Dr. Rochau,

Sie fragen mich in Ihrer Stellenanzeige, welche Visionen ich verwirklichen will.

Nun ja, ich würde gerne so reich werden wie Bill Gates, Warren Buffet oder Dagobert Duck, zudem hätte ich gerne die ewige Jugend, immerwährende Gesundheit und eine permanente Potenz wie ein Maulesel.
Doch Ihren Angaben zufolge können Sie mir lediglich sagen, wie man mit einem leckeren Brotaufstrich den Cholesterinspiegel senkt, Sonnencreme auf die Haut bringt, ohne sie anzufassen oder mit Palmkernöl nach Erdöl bohrt.

Deshalb kann ich Ihre Stellenanzeige leider nicht berücksichtigen, da unsere Visionen offensichtlich zu weit auseinander klaffen. Ich hoffe, Sie haben dafür Verständnis, dass ich mich unter diesen Umständen nicht bei Ihnen bewerben kann, wünsche Ihnen und Ihrem Unternehmen aber dennoch alles Gute für die Zukunft.

Mit freundlichen Grüßen

J. Sprenzinger

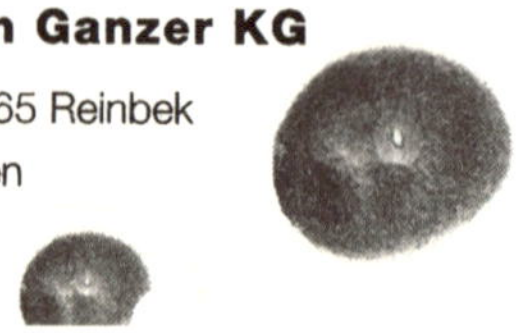

Jürgen Sprenzinger Frieda-Forster-Str. 49 86399 Straßberg

J. Sprenzinger, Frieda-Forster-Str. 49 86399 Straßberg

Allergopharma
Joachim Ganzer KG
Hermann-Körner-Straße 52

21465 Reinbeck

03.09.06

Ihre Stellenanzeige in der Frankfurter Allgemeinen vom 2. September 2006

Sehr geehrte Damen und Herren,

mit Grausen habe ich Ihre Stellenanzeige gelesen und muss Ihnen leider mitteilen, dass ich mich nicht bei Ihnen bewerben kann, obwohl ich gerne neue Welten entdeckt hätte, weil es mir in meiner oft zu langweilig ist, aber ich bin allergisch.

Als ich Ihre Stellenanzeige sah, bekam ich sofort eine Gänsehaut, am Hals einen Ausschlag und am Kinn einen Eiterpickel. Der Ausschlag ist wahrscheinlich durch die abgebildete Hausstaubmilbe entstanden, was das andere Viehzeug auf Ihrer Anzeige ist, weiß ich nicht, aber die Wirkung ist offensichtlich. Den Eiterpickel schreibe ich diesem komischen kugelförmigen Bakterium zu.
Bei einer samstäglichen Druckauflage von etwa zwei Millionen verbreiten Sie dieses Viehzeugs hemmungslos en masse in der Zeitung, was man nicht gerade als verantwortungs-bewusst bezeichnen kann.
Schon vor Jahren habe ich meine herkömmlichen Matratzen gegen Latexmatratzen ausgetauscht, um die Anzahl meiner Hausstaubmilben drastisch zu reduzieren. Und jetzt? Ich hole sie mir arglos per Zeitung wieder ins Haus. Das ist nicht in meinem Sinne. Meine Frau denkt da übrigens genauso. Das soll ich Ihnen schreiben, hat sie gesagt.

Ich habe Ihre Stellenanzeige sofort verbrannt, um eine weitere Ausbreitung des Ungeziefers zu verhindern.

Ich hoffe, Sie haben dafür Verständnis. Trotzdem wünsche ich Ihnen für Ihre Mitarbeitersuche viel Erfolg.

Mit freundlichen Grüßen

J. Sprenzinger

Allergopharma Joachim Ganzer KG

Herrn
Jürgen Sprenzinger
Frieda Forster Str. 49
86399 Straßberg

Ihr Ansprechpartner:
Dr. Lutz Lauenstein

Telefon +49 40 72765-312
Telefax +49 40 72765-278
lutz.lauenstein@allergopharma.de

18.09.2006 LL/BG

Ihr Schreiben vom 3. September 2006

Sehr geehrter Herr Sprenzinger,

vielen Dank für Ihr o.g. Schreiben, das wir mit einem Schmunzeln gelesen haben.

Nach unseren Erkenntnissen können viele Produkte der Natur und des täglichen Lebens Allergien auslösen. Das Zeitungslesen gehört unserer Meinung nach jedoch nicht dazu. Trotzdem nehmen wir Ihr Schreiben zum Anlaß, über unsere Stellenanzeigen neu nachzudenken.

Wir danken Ihnen nochmals für Ihr Interesse an unserer Anzeige.

Mit freundlichen Grüßen

ALLERGOPHARMA
JOACHIM GANZER KG

i. V. i. V.
Dr. L. Lauenstein G. Eschholz

Beechcraft
Vertrieb und Service GmbH

Für unseren Standort **Augsburg** suchen wir ab sofort eine/n

Fluggerätelektroniker/in
oder
Radio- und Fernsehtechniker/in

Ihr Aufgabengebiet umfasst die Fehlerdiagnose und -behebung sowie Installationen an Luftfahrzeugen.

Eine engagierte, selbständige und gewissenhafte Arbeitsweise ist für uns selbstverständlich. Gute PC und Englischkenntnisse setzen wir voraus. Eine langjährige Berufserfahrung wäre wünschenswert.

Bei Interesse senden Sie uns bitte Ihre vollständigen Bewerbungsunterlagen mit Gehaltsvorstellung an:
BEECHCRAFT VERTRIEB UND SERVICE GmbH
Personalabteilung
Flughafenstr. 5, D-86169 Augsburg, Germany
Tel: +49 (0)821/7003-150 Fax: +49 (0)821/7003-153

*** weitere aktuelle Stellenangebote unter www.beechcraft.de ***

J. Sprenzinger, Derchinger-Str. 19 86444 Bergen

Beechcraft Vertrieb u. Service GmbH
Personalabteilung
Flughafenstraße 5

86169 Augsburg

16.12.06

Ihre Stellenanzeige vom 16.12.06 in der Augsburger Allgemeinen

Sehr geehrte Damen und Herren,

schon immer hatte ich eine gewisse Begeisterung für Flugzeuge, weil ich heute immer noch nicht fassen kann, wie sich so ein riesiger Apparat überhaupt in die Luft erheben kann. Deshalb bin ich auch nach Bergen (Mühlhausen) gezogen und habe nun einen direkten Blick auf den Augsburger Flughafen, das heißt, ich könnte sozusagen die Flugüberwachung von meinem Küchenfenster aus durchführen. Leider habe ich aber nicht immer die Zeit, aus dem Küchenfenster zu schauen, da ich ja auch mit meinem Hund Gassi gehen muss und ab und zu zum Aldi fahren. Neuerdings bin ich auch öfters bei IKEA, die erst vor Kurzem eröffnet haben. Die haben ein wirklich tolles Angebot, das ich Ihnen nur wärmstens empfehlen kann.

Zufällig bin ich auch gelernter Radio- und Fernsehtechniker, habe hervorragende Englischkenntnisse (Ein amerikanischer Soldat wollte mich 1969 in halbbetrunkenem Zustand einmal niederschlagen, weil er nicht geglaubt hat, dass ich ein Deutscher bin), auch meine PC-Kenntnisse sind enorm, da ich bereits 1979 meinen ersten Computer besessen und die gesamte Entwicklung der selben inkl. der Programmierung angefangen von Assembler über Basic bis C++ hautnah miterlebt habe, auch Bill Gates' Windowskäse inkl. Office und Excel ist kein Problem, doch leider muss ich Ihnen absagen, das heißt, ich werde mich auf die ausgeschriebene Stellung nicht bewerben. Ich begründe das wie folgt:

Wenn ich einen Fernsehapparat repariere, dann ist das kein Problem, denn funktioniert er anschließend trotz der Reparatur nicht, (was mir schon öfter passiert ist, denn der Mensch ist ja nicht jeden Tag gleich gut drauf), dann kann nicht viel passieren, außer dass der Besitzer sauer ist, weil er „Wer wird Millionär" verpasst. Das juckt mich aber nicht die Bohne.

Wenn ich aber an Flugzeugen rumbasteln soll, dann sieht das schon ganz anders aus. Man stelle sich nur vor, dass so eine Maschine nach meiner Fehlerbehebung abstürzt und ich bin daran schuld! Das könnte ich nie mit meinem Gewissen vereinbaren! Dazu kommt, dass ich etwa 384 Meter (Luftlinie) vom Flugplatz entfernt wohne – und mich somit selbst gefährden würde, da ich nie weiß, ob mir dann ein Flugzeug, bei dem ich eben erst einen Fehler behoben habe, nicht auf mein eigenes Dach fällt. Ich sage es Ihnen ehrlich: Ich bin doch kein potenzieller Selbstmörder! Im Gegenteil: Ich habe noch einiges vor und wenn mir ein brennendes Flugzeug das Dach durchschlägt und in mein Schlafzimmer fällt (mein Schlafzimmer befindet sich genau unterm Dach) – womöglich werde ich sogar noch im Schlaf überrascht und kann somit gar nicht schnell genug reagieren, da ich etwa 3,5 Minuten brauche, bis ich am Morgen immer zu mir selbst finde – dann hätte das für mich vermutlich eine sehr fatale Folge: Ich wäre danach höchstwahrscheinlich tot und außerdem gäbe es wahrscheinlich noch ein flammendes Inferno. Das kann ich meiner Vermieterin (sie wohnt genau unter mir und hat sich das Haus vermutlich vom Mund abgespart) nie antun. Ich finde meine Vermieterin nämlich sehr nett und zuvorkommend. Ich könnte es gar nie verantworten, wenn ihr ein Flugzeug aufs Dach fallen würde.

Aus all den genannten – und für Sie sicherlich nachvollziehbaren Gründen muss ich Ihnen leider absagen und hoffe auf Ihr Verständnis.

Mit freundlichen Grüßen

Jürgen Sprenzinger Frieda-Forster-Str. 49 86399 Straßberg

J. Sprenzinger, Frieda-Forster-Str. 49 86399 Straßberg

Agentur Aschaffenburg
Weißenburgerstraße 18

63739 Aschaffenburg

1.10. 2006

Ihre Stellenanzeige in der Frankfurter Allgemeinen vom 30. September 2006

Sehr geehrte Damen und Herren,

Als ich Ihre Stellenanzeige gelesen hab, war ich zuerst begeistert, doch dann ist mir eingefallen, dass ich ja gar kein Werbetyp bin und mich somit leider nicht bei Ihnen bewerben kann. Deshalb sage ich zunächst einmal auf Verdacht ab. Mein Aussehen entspricht nicht der Norm, was mir immer wieder von verschiedenen Seiten bestätigt wurde, obwohl ich es nicht so recht glauben kann. Hier mein Foto, damit Sie sich selbst ein Urteil bilden können:

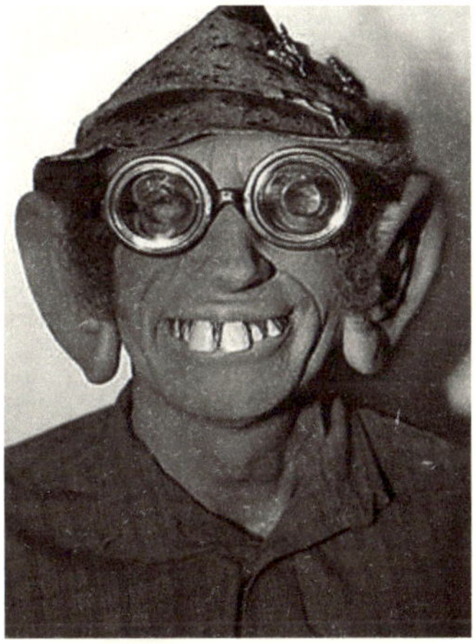

Wie Sie sicherlich bemerken werden, ist es gar nicht so schlimm. Wahrscheinlich könnte ich nicht an einer Modenschau teilnehmen, aber auf einem Prospekt täte ich mich vielleicht ganz gut machen.

Sollten Sie Gefallen an mir finden, dann teilen Sie mir das bitte mit und ich bewerbe mich sofort.

Mit freundlichen Grüßen

J. Sprenzinger

In der HAWE IT-Abteilung sorgen
4 Mitarbeiter des 15-köpfigen Teams
gerade für intelligente Prozesse.

Aber einer fehlt.

Systemadministrator Windows (m/w)

Als führendes Unternehmen im Bereich Hydraulikkomponenten und -systeme arbeitet HAWE mit Hochdruck an Lösungen, die die Welt ein bisschen besser machen. Schlägt Ihr Herz für die Infrastruktur, die unsere komplexen Prozesse am Laufen hält? Dann suchen wir Sie als erfahrenen Systemadministrator.

Qualifikation:
Sie verfügen über mindestens 3 Jahre Erfahrung in der Administration von MS Windows Clients und Servern. Außerdem bringen Sie gute Kenntnisse in mindestens zwei der folgenden Bereiche mit:

- (Unattended) Installation und Konfiguration von PCs unter Windows XP Pro
- MS Office 2003
- Citrix
- AV-Lösungen von Symantec
- Veritas Backup-Exec
- VMWare
- NetInstall
- DMS
- MS Exchange

Aufgaben:
Sie übernehmen die selbständige Durchführung von Projekten im Windows Umfeld – von der Bedarfsanalyse bis zur Implementierung. Dabei verantworten Sie die Betreuung, Administration und Dokumentation der Systeme. Darüber hinaus leisten Sie 2nd Level Support und sind zuständig für die Inventarisierung, Installation und Konfiguration neuer Hard- und Software im Firmennetz.

Bewerben Sie sich jetzt: Senden Sie Ihre vollständigen Unterlagen mit Angabe des frühestmöglichen Eintrittstermins und Ihren Verdienstvorstellungen zu Händen Herrn Josef Olasz. Wir freuen uns auf Ihre Bewerbung.

HAWE Hydraulik
GmbH & Co. KG
Josef Olasz
Streitfeldstraße 25
81673 München

Telefon 089/431 88-188
Fax 089/431 88-253
j.olasz@hawe.de

www.hawe.de

HAWE HYDRAULIK

Solutions for a World under Pressure

Jürgen Sprenzinger Frieda-Forster-Str. 49 86399 Straßberg

J. Sprenzinger, Frieda-Forster-Str. 49 86399 Straßberg

Hawe Hydraulik GmbH & Co. KG
z. H. Herrn Josef Olasz
Streitfeldstraße 25

81673 München

01.10.2006

Ihre Stellenanzeige in der Süddeutschen Zeitung vom 30. September 2006

Sehr geehrter Herr Olasz,

Ihrer Stellenanzeige in der Süddeutschen Zeitung entnehme ich, dass Ihnen einer fehlt.

Ich kann es nicht sein, denn ich habe noch nie irgendwo gefehlt.

Haben Sie deshalb bitte Verständnis, wenn ich Ihre Stellenanzeige als gegenstandslos betrachte, aber ich fühle mich auch nach längerer Gewissenserforschung nicht betroffen.

Mit freundlichen Grüßen

J. Sprenzinger

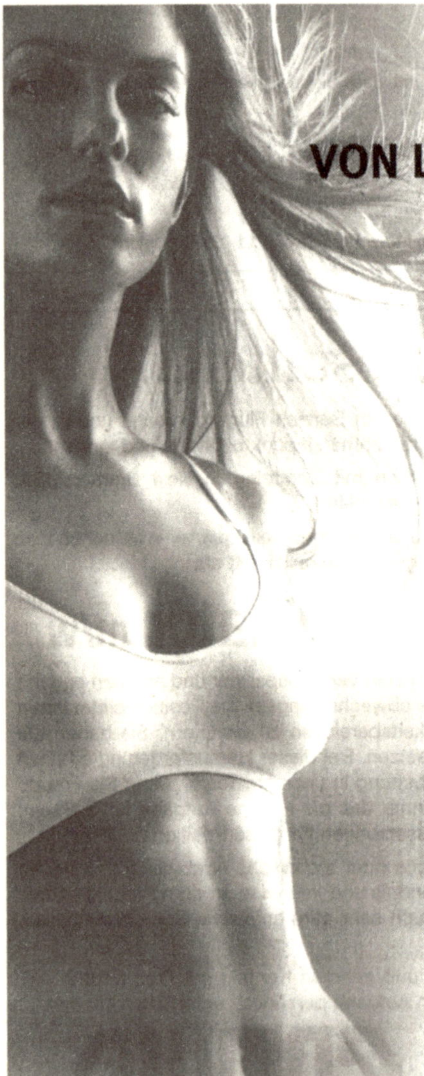

Jürgen Sprenzinger Frieda-Forster-Str. 49 86399 Straßberg

J. Sprenzinger, Frieda-Forster-Str. 49 86399 Straßberg

NUR DIE GmbH
Personalabteilung
Birkenallee 110-134

48432 Rheine

01.10.2006

Ihre Stellenanzeige in der Süddeutschen Zeitung vom 30. September 2006

Sehr geehrte Damen und Herren,

sofort stach mir Ihre Stellenanzeige in der Süddeutschen Zeitung ins Auge. Von einer Bewerbung sehe ich aus privaten Gründen ab, wollte jedoch lediglich anfragen, ob Sie zufällig wissen, ob die Dame auf dieser Stellenanzeige noch frei ist. Ich habe mich nämlich hemmungslos in Ihre Stellenanzeige verliebt. Ich meine, in die Dame auf dieser Stellenanzeige natürlich.

Meine persönlichen Daten: Ich bin ungefähr 34 Jahre alt, 1,82 groß bei einem Gewicht von etwa 74 Kilo. Ich bin schwarzhaarig, mit sportlicher Figur und total durchtrainiert. Meine Hobbys: Rennbootfahren, Reiten und Tennis, zudem lese ich viel und gehe öfters ins Theater oder besuche sonstige kulturelle Veranstaltungen. Ich spiele Klavier und Gitarre und singe auch. Ich mag Placido Domingo ebenso wie Chris de Burgh.

Ich bin ledig, wäre sofort frei und verfügbar.

Wenn Sie so nett wären und meine Daten an die nette Dame weitergeben würden, wäre ich Ihnen sehr dankbar. Vielleicht können Sie etwas zu meinem Lebensglück beisteuern. Sollte dies der Fall sein, so werde ich bis an mein Lebensende die Marken „nur die", „Belinda", „edoo" und „Elbeo" bevorzugen und Billiganbieter wie C&A meiden.

Für eine schnelle Mitteilung wäre ich Ihnen sehr dankbar, weil ich nämlich heiß wie ein Vulkan bin und fast am überkochen.

Mit freundlichen Grüßen

J. Sprenzinger

Jürgen Sprenzinger Frieda-Forster-Str. 49 86399 Straßberg

J. Sprenzinger, Frieda-Forster-Str. 49 86399 Straßberg

Braun GmbH
z. H. Frau Constanze Wulf
Frankfurter Straße 145

61476 Kronberg/Ts.

01.10.2006

Ihre Stellenanzeige in der Frankfurter Allgemeinen vom 30. September 2006

Sehr geehrte Frau Wulf,

mit mäßigem Interesse habe ich Ihre Stellenanzeige gelesen und unmittelbar danach beschlossen, mich nicht zu bewerben, da ich kein Konstrukteur bin, sondern gelernter Friedhofswärter und mit Epilier- und Haarentfernungsgeräten überhaupt nichts am Hut hab. Ich arbeite nicht interdisziplinär in einem internationalen Umfeld zwischen Design, Forschung, Qualität, Marketing Engineering und Produktion, sondern lieber zwischen Grabsteinen, Einzelgräbern und Familiengruften.

Das wollte ich Ihnen lediglich zu Ihrer Information mitteilen, damit Sie sich nicht wundern, wenn ich Ihnen diese Absage schicke und keine Bewerbung.

Mit freundlichen Grüßen

J. Sprenzinger

Gestalten Sie eine Marke mit ...

Als einer der bekanntesten Markenartikler Deutschlands bieten wir interessante und attraktive Arbeitsplätze. Seit mehr als 250 Jahren sorgen unsere Mitarbeiter dafür, dass die Marke mit hohem Qualitätsstandard weiterhin auf Erfolgskurs bleibt. Wir bieten interessante und abwechslungsreiche Aufgaben in einem inhabergeführten Familienunternehmen. Wollen Sie in einem strategisch klar ausgerichteten Unternehmen mit flacher Hierarchie und eindeutig strukturiertem Organisationsfeld arbeiten, dann sind Sie bei uns richtig.

Finden Sie eine interessante neue Herausforderung und bewerben Sie sich für unser Vertriebsteam im Zuge einer Nachfolgeregelung als

Gebietsverkaufsleiter/-in Handel

für das Verkaufsgebiet im Großraum Allgäu, Memmingen und Bodensee.

Sie sind kontaktfreudig, engagiert und mit den Strukturen der Getränkebranche vertraut. Sie suchen eine neue Herausforderung im Vertriebsbereich und können sich vorstellen, folgende Aufgaben auszuführen:

- ziel- und erfolgsorientierte Betreuung unserer Partner im Handel,
- Kontrolle und Durchsetzung aller Jahresabsprachen,
- Planung und Umsetzung von Verkaufsförderungsmaßnahmen in Zusammenarbeit mit dem Marketing,
- Erschließung neuer Absatzpotenziale,
- Repräsentation auf Messen und Veranstaltungen.

Wir erwarten von Ihnen eine abgeschlossene kaufmännische Ausbildung mit entsprechenden Kenntnissen im Vertriebsaußendienst. Kommunikationsstärke und ein überzeugendes Auftreten zeichnen Sie aus. Weiterhin besitzen Sie ein hohes Maß an Verhandlungsgeschick und Durchsetzungskraft. Mit Zielorientierung und Eigeninitiative begeben Sie sich an neue Aufgaben.

Wir bieten Ihnen ein interessantes Tätigkeitsfeld mit vielfältigen Gestaltungschancen und attraktiven Rahmenbedingungen. Weiterhin erwartet Sie die Unterstützung eines engagierten Vertriebsteams. Die Förderung Ihrer persönlichen Weiterentwicklung ermöglichen wir Ihnen durch gezielte Schulungsmaßnahmen.

Haben Sie Lust mit einem hohen Maß an Eigeninitiative die Marke WARSTEINER mitzugestalten? Dann senden Sie Ihre aussagekräftigen Bewerbungsunterlagen unter Angabe Ihrer Gehaltsvorstellung an die

WARSTEINER BRAUEREI, Haus Cramer KG, Human Resources, 59564 Warstein

oder bewerben Sie sich direkt unter **humanresources@warsteiner.com.**

DAS EINZIG WAHRE WARSTEINER®

Jürgen Sprenzinger Derchinger-Str. 19 86444 Bergen

J. Sprenzinger, Derchinger-Str. 19 86444 Bergen

Warsteiner Brauerei
Hans Cramer KG
Human Resources

59564 Warstein

19.11.06

Ihre Stellenanzeige in der Augsburger Allgemeinen vom 18.11.06

Sehr geehrte Damen und Herren,

Ihre Stellenanzeige habe ich mit Interesse gelesen, muss Ihnen aber leider mitteilen, dass ich sie leider nicht berücksichtigen kann, da ich normalerweise eher Hacker Pschorr bevorzuge und als gebürtiger Augsburger manchmal auch ein Riegele oder ein Hasenbräu-Bier.

Ich bitte Sie um freundliche Kenntnisnahme und hoffe, Sie sind mir nicht böse, aber das richtige Bier ist einfach das A und O.

Mit freundlichen Grüßen

J. Sprenzinger

REMONDIS®

Viele Chancen liegen jenseits des Gewohnten. Wie weit gehen Sie?

Für manche ist die Welt recht eng. Und wer sich im Kreis dreht, findet kein Ende. Brechen Sie mit uns aus. Mit neuen Ideen können Sie Ihre Position selbst bestimmen ...

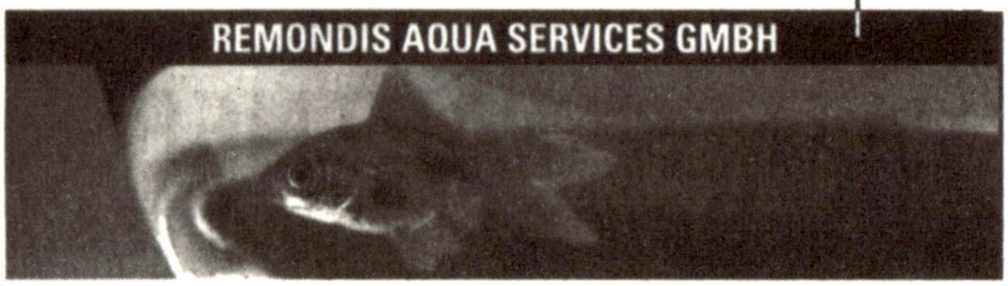

Die REMONDIS AG & Co. KG ist eines der größten privaten Dienstleistungsunternehmen der Wasser- und Kreislaufwirtschaft und erbringt weltweit für mehr als 20 Millionen Bürger Dienstleistungen. REMONDIS betreibt ein eigenes Anlagennetzwerk mit über 500 Anlagen und verfügt über Niederlassungen und Beteiligungen in fünfzehn europäischen Staaten sowie China, Japan, Taiwan und Australien. Um unseren Kunden heute wie morgen in jeder Beziehung umfassende und zuverlässige Dienstleistungen anbieten zu können, legen wir viel Wert auf qualifizierte und motivierte Mitarbeiter, die wissen, worum es geht und worauf es ankommt. Sind Sie interessiert? Zur Verstärkung unseres Teams suchen wir den/die

Senior Sales Manager/in

kommunal

Im Fokus der REMONDIS Aqua Services GmbH sind Dienstleistungen für Kommunen und Industrie im Bereich der Ver- und Entsorgung und der Stadtplanung, insbesondere die Beratung, Einführung und Schulung im Zusammenhang mit Geoinformationssystemen, die Erfassung und Digitalisierung von Versorgungsnetzen sowie die Durchführung von technischen und wirtschaftlichen Optimierungen, die entgeltbezogene Investitionsplanung und das Gebührenmanagement für Kommunen.

Wir suchen eine Vertriebspersönlichkeit, die maßgeblich an der Weiterentwicklung des Geschäftsfeldes mitwirkt.

Zu Ihren Aufgaben gehören:

- die bundesweite Akquisition von Neukunden
- Kundenberatung und Kontaktpflege
- Mitarbeiterführung
- Budgetverantwortung

Sie haben bereits mehrere Jahre in ähnlichen Funktionen eigenverantwortlich oder in 2. Reihe gearbeitet und verfügen über souveräne Fachkenntnisse und ein gewinnendes Wesen. Ein kommunaler Background ist wünschenswert, aber nicht Voraussetzung. Wenn Sie Spaß daran haben, unseren Unternehmenserfolg mitzugestalten, bieten wir Ihnen die Möglichkeit, sich für weitergehende Führungsaufgaben zu qualifizieren mit der Perspektive Geschäftsleitung.

Wenn Sie die Herausforderung annehmen möchten, dann senden Sie uns Ihre vollständigen Bewerbungsunterlagen mit Angabe des frühestmöglichen Einstellungstermins.

REMONDIS Aqua Services GmbH
Stefanie Lück
Brunnenstr. 138
44536 Lünen
Telefon: 02306/106-513
Telefax: 02306/106-110
E-Mail: stefanie.lueck@remondis.de
Internet: http://www.remondis.de

Jürgen Sprenzinger Frieda-Forster-Str. 49 86399 Straßberg

J. Sprenzinger, Frieda-Forster-Str. 49 86399 Straßberg

Remondis Aqua Services GmbH
z. H. Frau Stefanie Lück
Brunnenstraße 138

44536 Lünen

17.09.2006

Ihre Stellenanzeige in der Frankfurter Allgemeinen vom 16. September 2006

Sehr geehrte Frau Lück,

mit großer Aufmerksamkeit habe ich Ihre Stellenanzeige gelesen. Besonders Ihre Aussage, dass für manche die Welt sehr eng ist und dass derjenige, der sich im Kreis dreht, kein Ende findet, hat mich unwahrscheinlich angesprochen.

Ich drehe mich seit Jahren im Kreis. Wenn ich ehrlich bin, hab ich schon einen Drehwurm. Auch ist meine Welt recht eng. Ich lebe allein mit Hund auf etwa 45 qm, das heißt, eigentlich in einem Wohnklo. Da ich diese Wohnung kaum verlasse (mein Hund geht alleine Gassi), fehlt mir natürlich schon lange der nötige Input, den ich bräuchte. Gerne würde ich gemeinsam mit Ihnen ausbrechen.

Leider muss ich Ihnen aber mitteilen, dass ich mich nicht bei Ihnen bewerben kann, denn ich glaube, dass ich für Ihr Stellenangebot bereits zu verschroben bin. Meine Nachbarin, die Frau Werdenfelser von nebenan, meint auch, dass ich immer komischer werde, am Leben vorbei gehe und das erzählt sie natürlich im ganzen Haus herum, was mich sehr kränkt, das können Sie sich vorstellen. Den Menschen heutzutage fehlt einfach die Toleranz.

Ansonsten würde mir Ihr Stellenangebot schon zusagen, denn Sie als Unternehmen der Wasser- und Kreislaufwirtschaft kämen meinen Neigungen sehr entgegen. Ich hab schon immer gern mit Wasser rumgeplantscht, bin ein leidenschaftlicher Geschirrspüler, bade und dusche gern und kann auch schwimmen. Ich war früher sogar einmal Freischwimmer und in einem Schwimmverein.

Ich hoffe, Sie nehmen es mir nicht übel, wenn ich mich nicht bewerbe. Sollte sich bei mir aber was ändern, dann melde ich mich.

Mit freundlichen Grüßen

REMONDIS®

REMONDIS Aqua Services GmbH
■ Saarbrücker Straße 36a ■ D-10405 Berlin

Jürgen Sprenzinger
Frieda-Forster-Str. 49

86399 Straßberg

Stefanie Lück
Personalabteilung
Telefon: +49(0)2306 / 106-513
Telefax: +49(0)2306 / 106-110
E-Mail: stefanie.lueck@remondis.de

Lünen, 20.09.2006

■ **Eingangsbestätigung Ihrer Bewerbung vom 17.09.2006**

Sehr geehrter Herr Sprenzinger,

wir bestätigen Ihnen den Eingang Ihrer Bewerbung und freuen uns über Ihr Interesse an einer Mitarbeit in unserem Unternehmen.

Da die Bearbeitung Ihrer Bewerbungsunterlagen noch einige Zeit in Anspruch nehmen wird, möchten wir Sie um etwas Geduld bitten. Wir werden uns unaufgefordert wieder mit Ihnen in Verbindung setzen.

Mit freundlichen Grüßen

REMONDIS Aqua Services GmbH

i. A.
Stefanie Lück

REMONDIS Aqua Services GmbH, Saarbrücker Straße 36a, D-10405 Berlin ■ **Telefon:** +49 (0) 30/400 562 50 ■ **Telefax:** +49 (0) 30/400 562 59
■ **E-Mail:** info@remondis-aqua.de ■ Büro Lünen: Brunnenstraße 138, D-44536 Lünen, Telefon: +49 (0) 2306/106-692, Telefax: +49 (0) 2306/106-639
■ Amtsgericht Charlottenburg HRB 97351 ■ Steuernummer: 316/5957/2044 ■ **Geschäftsführer:** Stefan Kruschel, Thomas Ronge-Leiding

J. Sprenzinger, Frieda-Forster-Str. 49 86399 Straßberg

Remondis Aqua Services GmbH
z. H. Frau Stefanie Lück
Brunnenstraße 138

44536 Lünen

22.09.2006

Ihre Empfangsbestätigung vom 20.09.06 auf meine Nichtbewerbung vom 17.09.06 auf Ihre Stellenanzeige vom 16.09.06

Sehr geehrte Frau Lück,

Ihre Empfangsbestätigung auf meine angebliche Bewerbung vom 17.09.06 habe ich erhalten.

Ich habe mich aber nicht beworben, sondern abgesagt. Sie haben von mir auch keine Bewerbungsunterlagen erhalten, sondern lediglich ein Absageschreiben. In Ihrem Schreiben bitten Sie mich um etwas Geduld. Ich sehe ein, dass die Bearbeitung meiner Absage noch einige Zeit in Anspruch nehmen wird, schließlich ist eine Absage eine sehr diffizile Angelegenheit, die man durchaus gesondert behandeln muss.

Ich freue mich dennoch, wenn Sie sich unaufgefordert wieder mit mir in Verbindung setzen und verharre bis dahin

mit freundlichen Grüßen

J. Sprenzinger

REMONDIS®

REMONDIS Aqua Services GmbH
▪ Saarbrücker Straße 36a ▪ D-10405 Berlin

Herr
Jürgen Sprenzinger
Frieda-Forster-Str. 49
86399 Straßberg

Stefanie Lück
Personalabteilung
Telefon: +49(0) 23 06 / 106 513
Telefax: +49(0) 23 06 / 106 110
E-Mail: stefanie.lueck@remondis.de

Lünen, den 29.09.2006

▪ **Ihr Antwortschreiben vom 22.09.2006 auf unsere Empfangsbestätigung vom 20.09.2006 auf Ihre Nichtbewerbung vom 17.09.2006 auf unsere Stellenanzeige vom 16.09.2006**

Sehr geehrter Herr Sprenzinger,

wir bedanken uns für Ihr Schreiben vom 22.09.2006.

Mit Bedauern nehmen wir zur Kenntnis, dass Sie nicht für die Position des Senior Sales Managers zur Verfügung stehen.

Gerne hätten wir Sie zu einem Gespräch eingeladen und mit Ihnen herausgefunden, ob wir nicht gemeinsam Ihr jahrelanges kreiseln beenden könnten. Möglicherweise hätten wir ihnen den Anstoß in die richtige Richtung geben können und mit ein wenig Glück, hätten Sie dann wirklich mit uns ausbrechen können.

Wir hoffen sehr, dass Sie nun nicht einbrechen und verbleiben

mit freundlichen Grüßen
REMONDIS Aqua Services GmbH

S. Lück
i.A. Stefanie Lück

PS: Wir haben selten so schön gelacht, vielen Dank und schöne Grüße an Meister Propper!
www.sprenzi.de

REMONDIS Aqua Services GmbH, Saarbrücker Straße 36a, D-10405 Berlin ▪ **Telefon:** +49 (0) 30/400 562 50 ▪ **Telefax:** +49 (0) 30/400 562 59
▪ **E-Mail:** info@remondis-aqua.de ▪ Büro Lünen: Brunnenstraße 138, D-44536 Lünen, Telefon: +49 (0) 2306/106-692, Telefax: +49 (0) 2306/106-639
▪ Amtsgericht Charlottenburg HRB 97351 ▪ Steuernummer: 316/5957/2044 ▪ **Geschäftsführer:** Stefan Kruschel, Thomas Ronge-Leiding

Fit for Future?
McFit
Die Fitnesshalle für alle.
Wir suchen
Fitnesstrainer/innen in Voll- und Teilzeit.
Voraussetzung ist Trainingserfahrung im Bereich Fitness oder eine Fachqualifikation. Bist Du fit, dann bewirb Dich bei uns in Vollzeit (38 Stunden) oder Teilzeit (20 Stunden).
Wir sind ein starker und zukunftsorientierter Partner in der Fitnessbranche, der Dir einen sicheren Arbeitsplatz mit sehr guten Verdienstmöglichkeiten sowie beruflichen Aufstiegschancen bietet.
Für unsere Filiale in Augsburg, schicke bitte Deine schriftliche Bewerbung mit Lichtbild und Zeugnissen des vorherigen Arbeitgebers an:
McFit Fitness GmbH, z.Hd. Herrn Schrom,
Lena-Christ-Str. 1, 85055 Ingolstadt
www.McFit.de

Jürgen Sprenzinger Derchinger-Str. 19 86444 Bergen

J. Sprenzinger, Derchinger-Str. 19 86444 Bergen

McFit Fitness GmbH
z.H. Herrn Schrom
Lena-Christ-Str. 1

85055 Ingolstadt

16.12.06

Ihre Stellenanzeige vom 16.12.06 in der Augsburger Allgemeinen „Fit for Future?“

Sehr geehrter Herr Schrom!

Mit breitem Interesse habe ich Ihre Stellenanzeige in der Augsburger Allgemeinen gelesen und wollte mich zunächst bewerben – doch bin ich dann im Laufe längerer Überlegungen zu dem eindeutigen Schluss gekommen, dass ich für die Future noch nicht fit bin, da ich noch an der Vergangenheit kaue und mit vielen Dingen noch längst nicht abgeschlossen habe, als da wären: mein Haarausfall, meinen letzten Umzug, meinen letzten Steuerbescheid und nicht zuletzt meine Freundin, die mich wegen eines anderen Mannes verlassen hat. Auch den Tod meiner Großmutter, die 1978 kurzfristig das Zeitliche gesegnet und unerwartet im Alter von 102 Jahren vom Ableben Gebrauch gemacht hat, habe ich immer noch nicht überwunden.

Aus all den genannten Gründen möchte ich Ihnen mitteilen, dass ich leider von einer Bewerbung in Ihrem Hause absehen muss und wollte Sie davon lediglich in Kenntnis setzen.

Zudem hat mich an Ihrer Stellenanzeige gestört, dass Sie mich sofort duzen, was zwar in der heutigen Zeit durchaus modern sein mag, dennoch war ich durch diese etwas intime Anrede sehr irritiert – noch dazu, wo wir noch nicht mal Brüderschaft zusammen getrunken haben.

Ich hoffe, Sie sind mir ob meiner Absage nicht böse.

Mit freundlichen Grüßen

J. Sprenzinger

Durchstarten beim Marktführer!

Wir sind ein erfolgreicher, international tätiger Top-Markenartikler und in Deutschland Marktführer. Die Marke Müller steht beim Verbraucher für innovative Produkte und ungenierten Genuss. Europaweit erwirtschaften mehr als 5.000 Mitarbeiter einen jährlichen Umsatz von über 2 Mrd. Euro. Unser dynamisches Wachstum und der nachhaltige Markterfolg basieren auf modernsten Produktionstechnologien, innovativen Ideen und engagierten Mitarbeitern.

Zur Verstärkung des Marketing-Teams besetzen wir zum nächstmöglichen Zeitpunkt folgende Stellen:

▶ Product Manager (m/w)

Ihre Aufgaben:

- Mitarbeit bei der Entwicklung der Marketingstrategie
- Eigenverantwortliche Führung einer strategisch bedeutenden Marke
- Konzeption von Neuproduktideen
- Systematische markt- und qualitätsgerechte Weiterentwicklung der verantworteten Marke in Abstimmung mit anderen Funktionsbereichen
- Mitarbeit bei der Entwicklung der Kommunikationsstrategie
- Erstellung bzw. Auswertung von Markt- und Wettbewerbsanalysen
- Führung des Budgets

Ihr Profil:

- Mit überdurchschnittlichem Erfolg abgeschlossenes Studium der Wirtschaftswissenschaften oder der Ökotrophologie
- Idealerweise mindestens fünf Jahre Berufspraxis im Produktmanagement eines Markenartiklers, vorzugsweise der Lebensmittelindustrie
- Mehrjährige Erfahrung im Projektmanagement
- Vertriebserfahrung wäre von Vorteil

▶ Junior Product Manager (m/w)

Ihre Aufgaben:

- Eigenverantwortliche Markenführung
- Konzeption von Neuproduktideen
- Mitwirkung bei der Weiterentwicklung des Produktportfolios
- Koordination von Neuprodukteinführungs- und Relaunchprojekten
- Erstellung bzw. Auswertung von Markt- und Wettbewerbsanalysen
- Führung des Budgets

Ihr Profil:

- Mit überdurchschnittlichem Erfolg abgeschlossenes Studium der Wirtschaftswissenschaften oder der Ökotrophologie
- Idealerweise mindestens ein Jahr Berufspraxis (nach Abschluss des Studiums) im Produktmanagement eines Markenartiklers
- Erfahrung in Projektmanagement

Für beide Positionen suchen wir hoch motivierte und kreative Kollegen/innen, die frei von bürokratischen Fesseln richtig durchstarten wollen und bereit sind, in hohem Maße Verantwortung zu übernehmen, um die übertragenen Aufgaben schnell und zielorientiert zum Erfolg zu führen.

Wir freuen uns auf Ihre Bewerbung!

Senden Sie Ihre aussagekräftigen Unterlagen mit Angabe des möglichen Eintrittstermins und Ihrer Gehaltsvorstellung bitte an die Molkerei Alois Müller GmbH & Co. KG • Thomas Derber • Human Resources • Zollerstraße 7 • 86850 Aretsried (bei Augsburg) • thomas.derber@muellergroup.com
www.muellergroup.com

Alles müller ,...oder was?

Jürgen Sprenzinger   Derchinger-Str. 19   86444 Bergen

J. Sprenzinger, Derchinger-Str. 19 86444 Bergen

Molkerei Alois Müller GmbH & Co. KG
Human Resources Herrn Thomas Derber
Zollernstraße 7

86850 Aretsried

17.12.06

Ihre Stellenanzeige vom 16.12.06 in der Frankfurter Allgemeinen

Sehr geehrter Herr Derber,

Ihre Stellenanzeige in der Frankfurter Allgemeinen habe ich zwar mit Interesse gelesen, bin jedoch aufgrund des momentan hohen Stellenanzeigenaufkommens in den diversen Tageszeitungen (Augsburger Allgemeine, Süddeutsche Zeitung usw.) zeitlich nicht in der Lage, Ihre Stellenanzeige für eine Bewerbung zu berücksichtigen, was ich sehr bedauere.

Bitte haben Sie deshalb Verständnis, wenn ich mich derzeit nicht bei Ihnen bewerbe und Ihnen leider eine Absage erteilen muss. Dazu kommt, dass ich eigentlich gelernter Radio-Fernsehtechniker bin und Sie als Molkereibetrieb kaum der geeignete Arbeitgeber für mich sein dürften.

Ich wünsche Ihnen bei der Suche nach einem passenden Mitarbeiter aber viel Erfolg und Ihrem Unternehmen noch viele innovative Ideen für ungenierten Genuss – und in Anbetracht der aktuellen Jahreszeit frohe Weihnachten.

Mit freundlichen Grüßen

Alles   , ... oder was?

J. Sprenzinger

Jürgen Sprenzinger Derchinger-Str. 19 86444 Bergen

J. Sprenzinger, Derchinger-Str. 19 86444 Bergen

FID Verlag/YH-RT
Koblenzer Straße 99

53177 Bonn

17.12.06

Ihre Stellenanzeige vom 16.12.06 in der Frankfurter Allgemeinen

Sehr geehrte Damen und Herren,

mit großer Aufmerksamkeit habe ich Ihre beiden Stellenanzeigen in der Frankfurter Allgemeinen gelesen und hätte mich sehr gerne bei Ihnen beworben, da ich zufällig freiberuflicher Autor bin – doch leider bin ich auch etwas verwirrt, denn:

Die Stellenanzeige befindet sich insgesamt zweimal in der gleichen Zeitung. Meine Frage an Sie: Welche gilt nun? Ich habe fast einen ganzen Tag mit der Überlegung zugebracht, auf welche ich mich nun bewerben soll, konnte mich aber nicht entscheiden. So kam mir die Idee, Sie zuerst zu fragen.

Ich möchte nicht, dass ich beispielsweise auf Stellenanzeige Nummer eins schreibe und dann gilt die nicht, sondern Stellenanzeige Nummer zwei. Natürlich hätte ich mich auch auf alle zwei Stellenanzeigen bewerben können, doch leider bin ich ja keine zwei freiberufliche Autoren, sondern lediglich einer. Eine Bewerbung auf alle beiden Stellenanzeigen fände ich etwas übertrieben.

Ich bitte Sie um eine kurze Stellungnahme, welche der beiden Stellenanzeigen nun die gültige Stellenanzeige ist.

Mit freundlichen Grüßen

WIR SEHEN DIE WELT ORANGE.
DIE FARBE IHRER ZUKUNFT?

BTI ist eine der ersten Adressen, wenn es um Produkte für das Bauhandwerk geht. Und das in immer mehr europäischen Ländern. So sind wir heute schon mit über 1.000 Mitarbeitern im Innen- und Außendienst in Deutschland, Griechenland und Spanien vertreten. Mit Erfolg, wie ständig steigende Kundenzahlen aus dem Handwerk beweisen. Sie alle sind von der qualifizierten Beratung, dem erstklassigen Service und den innovativen Produkten überzeugt. Damit setzt BTI international Maßstäbe. Heute und in Zukunft.

Zur Sicherung unseres dynamischen Wachstumskurses suchen wir ab sofort eine/n

LEITER/-IN Einkauf

Ihre Hauptaufgabe besteht in der systematischen Analyse und Optimierung der internationalen Einkaufsstrategie (Gesamteinkaufsvolumen ca. 60 Mio.) sowie der stetigen Verbesserung der organisatorischen Abläufe in der logistischen Kette des Warenstroms vom Lieferant bis zur Bereitstellung für den Kunden.

Sie pflegen und entwickeln die bestehenden Lieferantenbeziehungen weiter und sind verantwortlich für die Suche und den Auf- und Ausbau neuer Beschaffungsquellen weltweit. Damit stellen Sie die optimale Verfügbarkeit aller Produkte unseres Hauses unter Beachtung der Anforderungen in Hinblick auf Qualität und Kosten sicher. Ein Team von 25 Mitarbeiter/-innen unterstützt Sie bei dieser anspruchsvollen Aufgabe.

Wir erwarten von Ihnen ein abgeschlossenes betriebswirtschaftliches Studium, fundierte Führungserfahrung in vergleichbarer Aufgabe in einem international ausgerichteten Handelsunternehmen, sowie nachweisbare einschlägige Einkaufserfahrung vorwiegend im Verbrauchsgüterbereich.

Weiterhin suchen wir im Zuge unserer nationalen und internationalen Expansion eine/n

LEITER/-IN KEY ACCOUNT MANAGEMENT

Ihre Hauptaufgabe besteht in der systematischen Analyse und Erschließung des Marktpotenziales national und international sowie der eigenverantwortlichen Akquisition von Schlüsselkunden.

Sie führen innerhalb einer sehr erfolgreichen Organisation ein Team aus mehreren Key Account Managern und betreuen und beraten vorhandene Geschäftspartner vor Ort. Markt- und Wettbewerbsanalysen sowie die Entwicklung und Durchführung von Vertriebsstrategien und deren Implementierung und Umsetzung gehören ebenfalls zu Ihrem Aufgabengebiet.

Wir erwarten von Ihnen ein abgeschlossenes betriebswirtschaftliches Studium, fundierte Führungserfahrung in ähnlicher Aufgabe sowie einschlägige Vertriebserfahrung mit Kenntnissen im Key Account Management, vorzugsweise im Bauhandwerk.

Für beide Aufgaben suchen wir eine selbstsichere und gewinnende Persönlichkeit mit dem Willen zum Erfolg, die strategische Überlegungen mit deren operativer Umsetzung in Einklang bringt. Ein hohes Maß an Organisationsvermögen, ausgeprägtes Verhandlungsgeschick und überzeugende Kommunikationsfähigkeit setzen wir voraus, ebenso überdurchschnittliche Belastbarkeit, Fleiß und hohes Engagement. Neben sicheren Englischkenntnissen sind Kenntnisse einer weiteren Fremdsprache von Vorteil. Eine hohe Reisebereitschaft rundet Ihr Profil ab.

Ein attraktives, leistungsorientiertes Vergütungssystem sowie ein Firmenwagen der gehobenen Mittelklasse auch zur privaten Nutzung sind für uns selbstverständlich.

Interessiert? Dann freuen wir uns auf Ihre aussagekräftigen Bewerbungsunterlagen unter Angabe Ihrer Verfügbarkeit und Gehaltsvorstellung an:

Jürgen Kuchenbecker · Telefon 07940/141-230 · Telefax 07940/141-9232 · E-Mail: personal@bti.de
BTI Befestigungstechnik GmbH & Co. KG · Postfach 40 · 74665 Ingelfingen · www.bti.de

Wir verstehen Ihr Handwerk. BTI

Jürgen Sprenzinger **Derchinger-Str. 19** **86444 Bergen**

J. Sprenzinger, Derchinger-Str. 19 86444 Bergen

BTI Befestigungstechnik
z.H. Herrn Jürgen Kuchenbecker
Postfach 40

74665 Ingelfingen

17.12.06

Ihre Stellenanzeige vom 16.12.06 in der Frankfurter Allgemeinen

Sehr geehrter Herr Kuchenbecker,

Ihre Stellenanzeige in der Frankfurter Allgemeinen hat zwar durchaus mein Interesse erregt, schon deshalb, weil Sie die Welt in der Farbe Orange sehen.

Doch leider muss ich Ihnen hiermit mitteilen, dass ich mich nicht bei Ihnen bewerben kann, da Orange nicht die Farbe meiner Zukunft ist, sondern rosa. Ich habe mich vor zwei Wochen neu verliebt und sehe seitdem alles rosa. Ich habe einen ganz tollen Hasen kennen gelernt, bin deshalb hormonell an der Obergrenze und physisch, psychisch und mental überhaupt nicht in der Lage, momentan auch nur irgendeine Stelle anzutreten

Sie suchen zur Sicherung Ihres dynamischen Wachstumskurses einen Einkaufsleiter und ich wäre für diese Stelle hervorragend geeignet, doch momentan sorgt meine neue Freundin regelmäßig viermal in der Woche für meinen dynamischen Wachstumskurs und den will ich einfach nicht durch Arbeit unterbrechen. Ich kann das dem Mädchen nicht antun.

Haben Sie deshalb bitte Verständnis, wenn ich mich auf die ausgeschriebene Stellenanzeige nicht bewerbe. Vielleicht geht es ja etwas später, wenn sich die Lage wieder beruhigt hat. Ich werde dann zum geeigneten Zeitpunkt wieder auf Sie zukommen.

Mit freundlichen Grüßen

J. Sprenzinger

Bücher, Musik, DVDs, Geschenkartikel & mehr ...
Beste Auswahl & beste Preise machten Weltbild zu Deutschlands Medienhändler Nr. 1 mit 4.500 Beschäftigten. Zur Unterstützung suchen wir zum nächstmöglichen Zeitpunkt einen

Produktioner Buch (m/w)

3.06.245

Ihre Aufgaben:

- Produktberatung unserer internen Kunden
- Erstellen von Ausschreibungen nach optimierten, technischen Parametern
- Prüfen eingehender Lieferantenangebote
- Ausarbeiten von Kostenanalysen
- Führen von Preisverhandlungen mit Lieferanten
- Vergabe von Druckaufträgen
- Übernahme von Sonderaufgaben innerhalb des Fachbereiches

Ihre Qualifikation:

- Fundierte Kenntnisse im grafischen Gewerbe und gute betriebswirtschaftliche Kenntnisse (z.B. Betriebswirt, Techniker)
- Durchsetzungsvermögen und Verhandlungssicherheit
- Ausgeprägtes Organisationsgeschick und hohe Zahlenaffinität
- Teamfähigkeit und Spaß am Umgang mit Menschen
- Akkurates, selbstständiges und verantwortungsvolles Arbeiten
- Gute Kenntnisse in allen MS-Office-Anwendungen, vor allem in Excel
- Englisch in Wort und Schrift

Haben Sie Lust, unseren Erfolg mit uns zu teilen und sich den Herausforderungen dieser Position zu stellen?
Dann freuen wir uns auf Ihre Bewerbung!

Bitte senden Sie Ihre aussagefähigen Bewerbungsunterlagen unter Angabe der Referenznummer 3.06.245 an:

Verlagsgruppe Weltbild GmbH
Ruth Anlauf
Steinerne Furt, 86167 Augsburg
Telefon: (0821)7004-9253
ruth.anlauf@weltbild.com

Verlagsgruppe
Weltbild

Jürgen Sprenzinger Frieda-Forster-Str. 49 86399 Straßberg

J. Sprenzinger, Frieda-Forster-Str. 49 86399 Straßberg

Verlagsgruppe Weltbild GmbH
z.H. Frau Ruth Anlauf
Steinerne Furt

86167 Augsburg

09.09.06

Ihre Stellenanzeige in der Augsburger Allgemeinen vom 9. September 2006

Sehr geehrte Frau Anlauf,

gezwungenermaßen habe ich Ihre Stellenanzeige in der Augsburger Allgemeinen mit Interesse gelesen, weil nämlich meine Frau gesagt hat, ich müsste mir endlich eine Arbeit suchen. Aber eigentlich will ich gar nicht arbeiten, weil ja meine Frau schon arbeitet. Und wenn wir zu zweit arbeiten, dann überarbeiten wir uns bloß.

Ich bewerbe mich hiermit also nicht – missverstehen Sie mich nicht. sondern ich schicke diesen Brief nur, damit ich meiner Frau gegenüber, was ein Drachen ist, ein Alibi hab. Vielleicht schreiben Sie mir einfach eine Absage, damit ich dem alten Hausdrachen beweisen kann, dass ich mich bei Ihnen beworben hab.

Aber damit dieser Brief nicht umsonst ist, gratuliere ich Ihnen, dass Sie Medienhändler Nummer 1 mit 4500 Beschäftigten sind. Allein schon deshalb bin ich der Ansicht, dass ich da nicht auch noch bei Ihnen mitmischen muss.

Mit freundlichen Grüßen

J. Sprenzinger

Verlagsgruppe
Weltbild

Kaufmännischer
Bereich

Verlagsgruppe Weltbild • Steinerne Furt • 86167 Augsburg

Herrn
Jürgen Sprenzinger
Frieda-Forster-Straße 49
86399 Straßberg

Telefon: 08 21/70 04-9253
Telefax: 08 21/70 04-6510
ruth.anlauf@weltbild.com
18.09.2006

Ihre Bewerbung auf die Position „Produktioner Buch"?

Sehr geehrter Herr Sprenzinger,

vielen Dank für Ihr Schreiben vom 09.09.2006 – eine Bewerbung im herkömmlichen Sinne ist es ja nicht.

Grundsätzlich finde ich es sehr bedauerlich, dass Sie nicht bei der Verlagsgruppe Weltbild arbeiten möchten. Auch wenn wir bereits 4.500 Mitarbeiter beschäftigen, sind wir immer wieder auf der Suche nach qualifizierten, innovativen Menschen. Sollten Sie etwa ein solcher sein?

Übrigens solidarisiere ich mich ganz eindeutig mit Ihrer Frau, die vollkommen Recht hat, Sie in die Arbeit zu schicken. Auch wenn Sie von mir keine Absage erhalten, genügt dieses Schreiben als Alibi?

Mit freundlichen Grüßen
Verlagsgruppe Weltbild GmbH

Ruth Anlauf
Personalreferentin

P.S. Weiterhin viel Erfolg mit Ihrem Buch, das im Hause Weltbild selbstverständlich bekannt ist!

Verlagsgruppe Weltbild GmbH
Geschäftsführung:
Carel Halff (Vorsitzender)
Dr. Klaus Driever
Werner Ortner
Herbert Zoch
Vorsitzender des
Aufsichtsrates:
Dr. Klaus Donaubauer
Sitz der Gesellschaft:
Augsburg
Handelsregister Augsburg
HRB 6035
HypoVereinsbank Augsburg
(BLZ 720 200 70)
Kto. 8 124 760
Commerzbank Augsburg
(BLZ 720 400 46)
Kto. 114 939 200

Max-Planck-Institut für Plasmaphysik
Teilinstitut Greifswald
Personalstelle
Wendelsteinstraße 1
17491 Greifswald
Tel.: (0 38 34) 88-23 50

Max-Planck-Institut für Plasmaphysik

Das Max-Planck-Institut für Plasmaphysik mit Sitz in Garching ist eines der führenden Zentren für Fusionsforschung in Europa und beschäftigt sich mit der Erarbeitung der Grundlagen für ein Fusionskraftwerk. Hierzu wurde in Greifswald ein Teilinstitut errichtet, in dem das neue Stellaratorexperiment WENDELSTEIN 7-X aufgebaut wird.

Weitere Informationen unter **www.ipp.mpg.de**

Das Teilinstitut Greifswald sucht für den Teilbereich Versorgungssysteme und Divertor der Unternehmung W7-X

eine Diplomingenieurin (FH) oder einen Diplomingenieur (FH)

der Fachrichtung Maschinenbau oder Verfahrenstechnik

für die Konstruktion, Fertigung und Montage des kryogenen Rohrleitungssystems im Kryostaten von W7-X.

Die Aufgabe umfasst Detaildesign, Festigkeitsberechnungen, Spezifikation, Ausschreibung, Auftragsbetreuung und Begleitung der Montage der Tieftemperaturrohrleitungen und ihrer Halterungen. Die Arbeiten verlangen selbständiges Arbeiten und eine enge Abstimmung mit den Konstrukteuren benachbarter Baugruppen und der Montageabteilung. Darüber hinaus müssen einfache verfahrenstechnische Auslegungsrechnungen (Wärmeeinfall, Druckabfall) für das Rohrleitungssystem durchgeführt werden.

Die Tätigkeit erfordert ein abgeschlossenes Fachhochschulstudium in einer der oben genannten Fachrichtungen sowie mehrjährige Erfahrungen in der 3D CAD-Konstruktion im Apparate-, Anlagen- oder Rohrleitungsbau. Kenntnisse in der Verfahrenstechnik, Werkstofftechnik, Schweißtechnik, Vakuumtechnik oder Kryotechnik sind von Vorteil. Die Arbeit in einem internationalen Team setzt gute Englischkenntnisse voraus.

Die Anstellung ist bis Ende 2009 befristet.

Geboten wird eine interessante Tätigkeit, die Bezahlung erfolgt je nach Qualifikation bis maximal zur Entgeltgruppe 12 TVöD.

Das IPP strebt eine Erhöhung des Frauenanteils an und fordert deshalb qualifizierte Frauen nachdrücklich zur Bewerbung auf.
Das IPP ist bemüht, mehr schwerbehinderte Menschen zu beschäftigen. Bewerbungen Schwerbehinderter sind ausdrücklich erwünscht.

Bitte richten Sie Ihre Bewerbung mit den üblichen Unterlagen bis zum **27.01.2007** unter Angabe der **Kennziffer i333** an unsere obige Anschrift.

Jürgen Sprenzinger Derchinger-Str. 19 86444 Bergen

J. Sprenzinger, Derchinger-Str. 19 86444 Bergen

Max-Planck-Institut für Plasmaphysik
Teilinstitut Greifswald
Personalstelle Kennziffer i333
Wendelsteinstraße 1

17491 Greifswald

06.01.2007

Ihre Stellenanzeige vom 05.01.2007 in der Süddeutschen Zeitung

Sehr geehrte Damen und Herren,

obwohl ich Ihre Stellenanzeige mit großen Interesse gelesen habe, muss ich Ihnen dennoch mitteilen, dass ich mich hiermit nicht bewerbe und zwar aus verschiedenen Gründen:

Erstens ist ein Fusionskraftwerk zum momentanen Zeitpunkt schlichtweg eine Utopie, das glaub ich ja überhaupts gar nicht, denn es ist allgemein bekannt, dass die Kernfusion derzeit überhaupt gar nicht kontrollierbar ist und auch in absehbarer Zeit nicht sein wird. Für mich persönlich bringt es sowieso nichts, denn bis das ordentlich funktioniert, habe ich längst vom Ableben Gebrauch gemacht. Außerdem hab ich eine Ölheizung, den Strom krieg ich von Grundremmingen. Ich bin froh, dass wir die Kernspaltung einigermaßen beherrschen.

Gerne hätte ich mich beworben, wenn Sie beispielsweise Mitarbeiter für die Entwicklung eines Anti-Materie-Kraftwerks gesucht hätten. Dan Brown hat in einem Roman bewiesen, dass so was bereits funktioniert.

Wie Sie aus meinen Ausführungen ersehen können , bin ich also gedanklich schon einen Schritt weiter und will nicht erst den Umweg über ein Fusionskraftwerk gehen. Dazu kommt, dass mein Arzt bei mir eine Deuterium-Tritium-Allergie festgestellt hat und mir das Tragen von Schwerem Wasser sowie jeglichen Umgang mit Thermonuklearwaffen und anderen fusionsfähigen, materieverdichtenden Geräten – gleich welcher Art – für die nächste Zeit verboten hat. Selbst von Schwarzen Löchern mit geringer Masse bzw. Gravitation muss ich mich derzeit fernhalten, auch dann, wenn ich am Ereignishorizont derselben einen Silberstreif sehe.

Aus all den genannten Gründen muss ich deshalb von einer Bewerbung absehen. Sollten Sie aber tatsächlich einmal den Bau eines Anti-Materie-Kraftwerks planen, bin ich sofort mit im Boot.

Mit freundlichen Grüßen

Jürgen Sprenzinger Derchinger-Str. 19 86444 Bergen

J. Sprenzinger, Derchinger-Str. 19 86444 Bergen

Merkur Spielothek GmbH & Co. KG
Regionalbüro
Frau Loreen Höptner
Färberstr. 41

90402 Nürnberg

05. 01. 2007

Ihre Stellenanzeige in der Augsburger Allgemeinen vom 5. Januar 2007

Sehr geehrte Frau Höptner,

Ihre Stellenanzeige in der Augsburger Allgemeinen ist mir sofort aufgefallen, weil ich grundsätzlich schon Erfolg will.

Doch leider habe ich ein Problem: Ich bin sehr entschlussschwach und gerade noch am Überlegen, ob ich mich bei Ihnen bewerben soll. Ich muss unbedingt noch ein paar Nächte drüber schlafen. Ich habe heute meinem Unterbewusstsein den Auftrag gegeben, für mich die richtige Entscheidung zu treffen, weiß allerdings nicht genau, wann mir mein Unterbewusstsein antwortet, das kommt immer meist spontan und trifft mich dann wie der Blitz aus heiterem Himmel.

Falls mein Unterbewusstsein mit „Ja“ antwortet, werde ich mich sofort bei Ihnen bewerben. Für den Fall, dass es mit „Nein“ antwortet, wünsche ich Ihnen alles Gute und viel Erfolg bei der Mitarbeitersuche.

Mit freundlichen Grüßen

Jürgen Sprenzinger Derchinger-Str. 19 86444 Bergen

J. Sprenzinger, Derchinger-Str. 19 86444 Bergen

Landeshauptstadt München
Schul- und Kultusreferat
Abteilung Bau und Planung/Sachgebiet 3
Neuhauser Straße 39

80331 München

06.01.2007

Ihre Zeitungsanzeige vom 05. Januar 2007 in der Süddeutschen Zeitung betreffs Ausschreibungsunterlagen

Sehr geehrte Damen und Herren,

hiermit teile ich Ihnen höflichst und ausdrücklich mit, dass ich die Ausschreibungsunterlagen für die Pacht eines Küchenbetriebes an den von Ihnen ausgeschriebenen Beruflichen Schulen nicht anfordere, da ich zwar hervorragend kochen kann, doch gehen mir die vorlauten, halbwüchsigen und meist schlecht erzogenen Berufsschüler derart auf den Nerv, dass ich vermutlich nach einigen Tagen bereits wahnsinnig wäre.

Ich wollte Sie diesbezüglich lediglich in Kenntnis setzen, da ich ein pflichtbewusster Bürger bin, jede Anzeige im Stellenmarkt gründlich studiere, mich von jeder Stellenanzeige auch sofort persönlich angesprochen fühle und deshalb auch beantworte, auch wenn es nur so wie hier eine Absage ist. Deshalb möchte ich auch Sie diesbezüglich nicht im Unklaren lassen.

Mit freundlichen Grüßen

J. Sprenzinger

Jürgen Sprenzinger Derchinger-Str. 19 86444 Bergen

J. Sprenzinger, Derchinger-Str. 19 86444 Bergen

MT Aerospace AG
Personalabteilung
Franz-Josef-Strauß-Str. 5
86153 Augsburg

06.01.2007

Ihre Stellenanzeige in der Süddeutschen Zeitung vom 5. Januar 2007

Sehr geehrte Damen und Herren,

mit großer Enttäuschung habe ich Ihre Stellenanzeige in der Süddeutschen Zeitung gelesen und mich zunächst einmal gewundert, dass Sie in der Süddeutschen Zeitung annoncieren, obwohl Sie ein Augsburger Unternehmen sind. Das finde ich nicht fair, dass Sie den Augsburgern keine Chance nicht geben.

Zweitens möchte ich mich auch deshalb nicht bei Ihnen bewerben, weil ich eigentlich einen Job als Astronaut suche und keine Ariane 5-Booster prüfen will, sondern in den Weltraum, um intergalaktisch zu arbeiten.

Sollten Sie aber in absehbarer Zeit diesbezüglich eine Stelle frei haben, wäre es sehr nett, wenn Sie mir dieses bitte unverzüglich mitteilen würden. Vielleicht haben Sie ja auch gute Beziehungen zur NASA oder zur ESA und können dort für mich ein protegierendes Wort einlegen. Bislang habe ich ein umfangreiches Astronauten-Trainingsprogramm nach dem Lehrbuch des Schweizer Weltraumexperten Prof. Dr. Johann Schübli absolviert („Astronaut werden, leicht gemacht – das Trainingsprogramm für zu Hause"). Ich bin also fit wie ein Turnschuh und beherrsche MS-Office-Anwendungen ebenso locker wie Englisch oder den schwerelosen Zustand, letzteren selbstverständlich auch gerne im Team.

Für Ihre Mühe vorab herzlichen Dank.

Mit freundlichen Grüßen

J. Sprenzinger

SORIN GROUP
AT THE HEART OF MEDICAL TECHNOLOGY

Viel Abwechslung im Zusammenspiel mit Kollegen, Kunden und Lieferanten

Unsere innovativen Herz-Lungen-Maschinen treffen die höchsten internationalen Standards und sind weltweit für ihre Qualität und Zuverlässigkeit bekannt. Wahre Wunderwerke der medizinischen Technik, die mit modernsten Maschinen und Prozessen gefertigt werden. Unser motiviertes Team ist zu Recht stolz auf die Position „Ihrer" Firma auf dem internationalen Markt. Hier können Sie in der Überführung neuer Produkte in die Serienfertigung eine zentrale Rolle spielen als ...

Arbeitsvorbereiter/in

Medizinische Maschinen in Kleinserien

Die Koordinierungsaufgaben an den Schnittstellen zu Entwicklung, Einkauf, Fertigung und Qualitätssicherung machen diese Schlüsselposition besonders interessant. Sie planen, steuern und organisieren, Sie betreuen Lieferanten, leiten die zuständige Projektgruppe und unterstützen die Fertigung in der Umsetzung der Sicherheitsstandards. Selbstverständlich haben Sie immer den notwendigen Entscheidungsfreiraum, um Ihre Projekte erfolgreich gestalten zu können.

Als Dipl.-Ing. Maschinenbau, Verfahrens- oder Feinwerktechnik bzw. Wirtschaftsingenieur/in oder qualifizierte/r Techniker/in haben Sie den Blick für das Wesentliche. Umso mehr, wenn Sie Erfahrung in der Fertigungsplanung und -steuerung haben und sich im Stücklistenmanagement auskennen. Aber auch Ihre Fähigkeit, interdisziplinäre Gruppen zu führen, wird Ihnen viel Anerkennung sichern.

Wenn Sie gerne in einem technisch anspruchsvollen Umfeld Verantwortung übernehmen und das Wachstum mitgestalten möchten, finden Sie hier die besten Voraussetzungen. Mehr darüber erfahren Sie von Frau Pfanzelt. Bitte anrufen: 089 32301–126. Oder senden Sie uns ganz einfach Ihre Bewerbung – per E-Mail: personal@sorin.de oder per Post:

Sorin Group Deutschland GmbH · Lindberghstraße 25 · 80939 München · www.sorin.com

Jürgen Sprenzinger Derchinger-Str. 19 86444 Bergen

J. Sprenzinger, Derchinger-Str. 19 86444 Bergen

Sorin Group Deutschland GmbH
Lindberghstraße 25

80939 München

30. 12. 2006

Ihre Stellenanzeige in der Süddeutschen Zeitung vom 30. 12. 2006

Sehr geehrte Damen und Herren,

Ihre Stellenanzeige in der Süddeutschen Zeitung habe ich mit Interesse gelesen, schon allein aus dem Grund, weil ich ein echter Tüftler bin und Medizintechnik mein absolutes Hobby ist.

Doch leider muss ich Ihnen mitteilen, dass ich mich auf die angebotene Stelle nicht bewerben kann, da ich normalerweise keine Arbeiten vorbereite, sondern immer sofort damit beginne. Ich halte das mit allen meinen Innovationen und Ideen so, denn nur so kommt man voran. Ich habe das damals vor zwei Jahren, als ich meinen pneumatischen Peniserigierer entwickelt habe, ebenso gehalten.

Apropos: Da Sie ja ein Unternehmen sind, das medizinische Maschinen in Kleinserie herstellt, könnte ich Ihnen dieses Gerät zum Vertrieb anbieten. Es gibt zwei Modelle: „P-Pneumo" und „P-Hydrostar". P-Hydrostar funktioniert hydraulisch über einen in der Brustwarze eingebauten Microsender. Ein Druck auf die Brustwarze und Potenzprobleme sind Schnee von gestern. Ein nochmaliger Druck stellt den ursprünglichen Zustand wieder her. Das ergibt für den weiblichen Partner nebenbei noch einen spielerischen Überraschungseffekt, zudem besteht die Möglichkeit, dass – sollte es während der Vereinigung zum Streit kommen, man sofort Schluss machen kann. Das Gerät arbeitet völlig geräuschlos im Gegensatz zu „P-Pneumo", das beim Starten einen leisen Zischlaut von sich gibt. Dieses Gerät wird aber gerne verwendet, da viele Männer gerade diesen Zischlaut zur Selbstbestätigung

und als Stimulans benötigen. Viele Frauen haben allerdings dabei den Eindruck, sie schlafen mit einem Roboter. Doch das Leben besteht nun mal aus Kompromissen – aber dennoch ist es eine hervorragende Alternative zu diesem ganzen Viagra-Mist, der sich momentan auf dem Markt befindet. Doch will ich mich nicht weiter dazu äußern, ich war noch nie ein Chemiker, sondern immer nur ein begnadeter Mechaniker.
Übrigens hat ein Freund von mir schon mal eine Ihrer Herz-Lungen-Maschinen am eigenen Leib getestet und fand das Gerät hervorragend. Es hätte sich bei ihm irgend wie unwahrscheinlich lebenserhaltend ausgewirkt. So oder so ähnlich hat er sich ausgedrückt, glaube ich.

Bitte haben Sie dennoch für meine Absage Verständnis.

Mit freundlichen Grüßen

ALDI SÜD

GESCHICHTE SCHREIBEN

Nur die Besten schreiben mit uns Geschichte! Unsere Führungskräfte sind hellwach und setzen Handelstrends. ALDI hat als erster Discounter den Kaffeemarkt revolutioniert und hervorragende Qualität für jedermann erschwinglich gemacht. Auch heute prägt ALDI die Marktposition des Lifestyle-Produkts Kaffee. Wollen auch Sie Märkte bewegen und Zukunft mitbestimmen? Dann kommen Sie zu uns!

Mit innovativen Ideen, Entschlusskraft und Spaß am Handeln werden Sie bei uns erfolgreich sein. Wir suchen Hochschulabsolventen mit wirtschaftswissenschaftlicher Ausrichtung und sehr gutem Abschluss. Nach einem einjährigen Traineeship steigen Sie in unser Management ein und übernehmen Personalverantwortung für bis zu 70 Mitarbeiter. Wir bieten Ihnen Gestaltungsspielräume mit besten Aufstiegschancen, ein überdurchschnittliches Gehalt und ein partnerschaftliches Arbeitsklima auf nationaler und internationaler Ebene.

Verbinden Sie Ihre persönliche Geschichte mit unserem Unternehmen – gemeinsam bewegen wir Märkte. **www.karriere-bei-aldi-sued.de**

ALDI SÜD. Handeln aus Überzeugung.

Jürgen Sprenzinger   Frieda-Forster-Str. 49   86399 Straßberg

J. Sprenzinger, Frieda-Forster-Str. 49 86399 Straßberg

Firma
Aldi Einkauf GmbH & Co. OHG
Personalabteilung
Burgstraße 37

45476 Mühlheim

03.09.06

Ihre Stellenanzeige in der Frankfurter Allgemeinen vom 2. September 2006

Sehr geehrte Damen und Herren,

ich habe Ihre Stellenanzeige in der Frankfurter Allgemeinen zwar mit Interesse gelesen, muss Ihnen aber leider mitteilen, dass ich mich nicht bei Ihnen bewerben kann.

Ich habe mich bereits bei der Firma Lidl beworben, da Lidl das wesentlich bessere Obst hat als Sie. Ihre Obst- und Gemüseabteilungen wären durchaus verbesserungsfähig. Erst neulich gab es weder Blumenkohl noch Broccoli und ich musste auf Sellerie ausweichen, obwohl ich eigentlich eine Blumenkohl- respektive Broccolisuppe kochen wollte. Lidl hat bei 95 Prozent meiner Besuche Blumenkohl und Broccoli vorrätig.

Betrachten Sie dies aber bitte nicht als Beurteilung Ihres ansonsten von mir sehr geschätzten Unternehmens.

Für Ihre Mitarbeitersuche wünsche ich Ihnen viel Erfolg.

Mit freundlichen Grüßenn

J. Sprenzinger

ALDI Kleinaitingen
Unternehmensgruppe ALDI SÜD

ALDI GmbH & Co. KG · Messerschmittstraße 2 · 86507 Kleinaitingen

Herr
Jürgen Sprenzinger
Frieda-Forster-Str. 49

86399 Straßberg

Messerschmittstraße 2
86507 Kleinaitingen
Telefon 0 82 32 / 96 99-0
Telefax 0 82 32 / 96 99-11 95
USt.-ID-Nr. DE 814377009

Ihr Schreiben vom	Ihr Zeichen	Unser Zeichen	Durchwahl 96 99-	Datum
		TW/cs	2220	19.09.2006

Stellenanzeige in der Frankfurter Allgemeinen Zeitung

Sehr geehrter Herr Sprenzinger,

vielen Dank für Ihr freundliches Schreiben vom 03. September 2006, das an uns als zuständige Aldi-Gesellschaft weitergeleitet wurde. Wir freuen uns, Sie auf diesem Wege als Kunde kennen lernen zu dürfen.

Wir bedauern sehr, dass Sie Anlass zur Beschwerde bzgl. unseres Obst- und Gemüsesortiments haben. Grundsätzlich gehört es zur Philosophie der Firma ALDI, die Kundenzufriedenheit stets als wichtigstes Ziel anzusehen. Wir streben jederzeit an, Ihnen beste Qualität zu einem günstigen Preis zu liefern. Ihr Hinweis ist daher für uns sehr wertvoll.

Wir erhalten jede Woche Mustersendungen unserer Obst- und Gemüselieferanten um die Qualität der Produkte zu überprüfen. Entspricht ein Artikel nicht unseren Erwartungen, wird dieser auch nicht in unser Sortiment aufgenommen. Dies war in letzter Zeit sehr häufig bei den von Ihnen gewünschten Artikeln der Fall. Da wir wöchentlich auch nur eine begrenzte Anzahl an Obst und Gemüse führen können, entscheiden wir uns natürlich für die Produkte, die unseren Qualitätsansprüchen gerecht werden.

Wir hoffen, Sie weiterhin zu unseren zufriedenen Kunden zählen zu dürfen und wünschen Ihnen abschließend hinsichtlich Ihrer Bewerbung bei der Firma Lidl viel Erfolg.

mit freundlichen Grüßen

ALDI GmbH & Co. KG
Kleinaitingen

Christine Stieger

i. A. Christine Stieger

Bankverbindung: HSBC Trinkaus & Burkhardt KGaA Düsseldorf (BLZ 300 308 80) Konto-Nr. 30 0081 037
Kommanditgesellschaft Sitz Kleinaitingen, Registergericht Augsburg, HRA 15242, persönlich haftende Gesellschafterin Zahlmann GmbH, Sitz Kleinaitingen, Registergericht Augsburg, HRB 21103, Geschäftsführer: Eric Zahlmann

WIR HABEN WELTWEIT 1.243 FILIALEN. NEIN, SORRY. KÜRZLICH WURDE EIN NEUER SHOP IN SAN FRANCISCO ERÖFFNET. DAS MACHT NUN ALSO 1.244 FILIALEN. MOMENT MAL... OFFENBAR HABEN WIR SOEBEN ZWEI GESCHÄFTE IN DUBLIN ERÖFFNET. SIE SEHEN: ARBEITEN BEI H&M IST EINE SICH IMMER VERÄNDERNDE SITUATION. UND WIR HABEN UNSER EIGENES TEMPO. MÖCHTEN SIE MIT UNS IN DIESEM TEMPO WEITERKOMMEN? BEWERBEN SIE SICH AM BESTEN NOCH HEUTE!

Wir suchen: **MOBILE FÜHRUNGSKRÄFTE IN BAYERN**
Um Ihnen die beruflichen Chancen und Perspektiven bei H&M aufzuzeigen, möchten wir den Spieß einmal umdrehen und uns Ihnen vorstellen. **AM SAMSTAG, DEM 27. JANUAR** veranstalten wir im Ibis-Hotel, Halderstraße 25, 86150 Augsburg, einen **OPEN DAY**. Damit Sie alles über die beruflichen Möglichkeiten bei H&M erfahren können, sind wir am Samstag von 8–18 Uhr für Sie da.
Weitere Infos unter hm.com

H&M

Jürgen Sprenzinger Derchinger-Str. 19 86444 Bergen

J. Sprenzinger, Derchinger-Str. 19 86444 Bergen

H&M Hennes & Mauritz GmbH
Spitalerstrasse 12

20095 Hamburg

13.01.2007

Ihre Stellenanzeige vom 13.01.07 in der Süddeutschen Zeitung

Sehr geehrte Damen und Herren,

als ich heute Morgen die Süddeutsche Zeitung aufgeschlagen hab, fiel mir sofort Ihre Stellenanzeige auf.

Sie schrieben, ich solle mich noch heute bewerben. Doch leider haben Sie vergessen, mitzuteilen, wohin ich meine Bewerbung schicken soll. Deshalb tut es mir leid, dass ich mich nicht bei Ihnen bewerben kann und erteile Ihnen hiermit eine Absage. Abgesehen davon will ich nicht in einer Filiale in San Francisco oder Dublin arbeiten, da ich nicht jeden Tag von Augsburg nach San Francisco oder Dublin hin und her pendeln will. Meine Frau würde mich da erschlagen.

Da ich auch nicht bis zu Ihrem Open Day am 27. Januar warten kann, werde ich selbige Veranstaltung im Ibis-Hotel in Augsburg ebenfalls nicht besuchen können. Ich werde aber weiterhin Kunde bei Ihnen bleiben, weil Ihre Klamotten sind ja wirklich nicht schlecht.

Mit freundlichen Grüßen

J. Sprenzinger

Jürgen Sprenzinger Derchinger-Str. 19 86444 Bergen

J. Sprenzinger, Derchinger Str. 19, 86444 Bergen

Vogel IT-Medien GmbH
- Geschäftsleitung -
August-Wessels-Str. 27

86156 Augsburg

03.12.2006

Ihre Stellenanzeige in der Augsburger Allgemeinen vom 3. Dezember 2006

Sehr geehrte Damen und Herren,

mit euphorischem Interesse habe ich Ihre Stellenanzeige in der Augsburger Allgemeinen gelesen.
Leider muss ich Ihnen hiermit mitteilen, dass ich von einer Bewerbung absehen muss, wofür es diverse Gründe gibt:

Erstens ist das momentane Aufkommen an Stellenanzeigen in allen gängigen Tageszeitungen so vielfältig, dass mir eine rationale Entscheidung, wo ich mich bewerben soll, fast unmöglich gemacht wird.

Zweitens ist die Entscheidung gerade in Ihrem Fall enorm schwierig, da ich mich nicht entscheiden kann, ob ich mich nun als 2 Redakteure, als Volontär/Volontärin oder als Eventmanager bewerben soll, obwohl ich alle drei Tätigkeiten vermutlich locker im Kreuz hätte. Durch meine feminine Veranlagung ginge ich auch leicht als Eventmanagerin durch, wobei ich auch aufgrund meines leicht fortgeschrittenen Alters keine Probleme mehr damit habe, schwanger zu werden, was Ihnen sicher entgegenkommen würde.

Drittens ist momentan mein Hund krank, den ich nicht allein lassen will, denn sollte selbiger vom Ableben Gebrauch machen, möchte ich nicht, dass er einsam stirbt, während ich mich vielleicht in einer Online-Redaktion amüsiere, die eh keiner braucht, weil mir eine Zeitung aus Papier tausend Mal lieber ist. Mit dieser meiner Ansicht hat sich übrigens auch die Mehrheit des Deutschen Volkes – genau 72,96 Prozent – solidarisch erklärt.

Bitte nehmen Sie meine Gründe verständnisvoll zur Kenntnis. Gleichzeitig hoffe ich, dass Sie mir nicht böse sind, wenn ich Ihnen hiermit leider eine Absage erteilen muss. Ich bin absolut überzeugt, Sie finden einen ähnlichen Bewerber, der meinen genialen Fähigkeiten relativ nahe kommt.

Mit freundlichen Grüßen

Jürgen Sprenzinger Derchinger-Str. 19 86444 Bergen

J. Sprenzinger, Derchinger-Str. 19 86444 Bergen

Kontron AG
Frau Angelika Schnelle
Oskar-von-Miller-Str. 1

85386 Eching

04.02.2007

Ihre Stellenanzeige vom 3.2.07 in der Süddeutschen Zeitung

Sehr geehrte Frau Schnelle,

Ihre Stellenanzeige in der Süddeutschen Zeitung habe ich gelesen und war danach völlig verwirrt. Deshalb bin ich nicht in der Lage, mich bei Ihnen zu bewerben. Sie schreiben in Ihrer Stellenanzeige: „Die Zukunft beginnt nicht morgen. Sie beginnt mit jeder Entscheidung, die Sie heute treffen."

Ich bin aufgrund Ihrer Stellenanzeige in tiefe Depressionen verfallen, da mich seitdem die Frage beschäftigt: Wo beginnt die Zukunft, wo hört sie auf? Was ist Vergangenheit, was Gegenwart? Ich bringe seit dem Lesen Ihrer Stellenanzeige die Zeiten durcheinander. Dazu kommt, dass ich heute überhaupt noch keine Entscheidung getroffen habe – folglich kann die Zukunft gar nicht beginnen, da die dazu gehörige Entscheidung fehlt. Ich wüsste auch nicht genau, für was ich mich entscheiden soll. Wenn ich mich nun versehentlich für etwas Falsches entscheide, dann ist vermutlich der Teufel los und vielleicht sogar meine Zukunft im A .... Ich will das hässliche Wort hier gar nicht schreiben, aber Sie wissen schon, was ich meine. Vielleicht gibt es überhaupt keine Zukunft, sondern wir leben nur in einer ewig andauernden Gegenwart?

Ich glaube, diese Fragen sollten wir vor einer Bewerbung gemeinsam klären. Ich stehe Ihnen dazu jederzeit gern zur Verfügung.

Mit freundlichen Grüßen

Warum arbeiten Sie eigentlich nicht bei uns?

Bereichsleiter (w/m)

Das bieten wir:

- Zukunft – Chancen & Sicherheit
- Entfaltungsfreiheit wie in kaum einem anderen Unternehmen
- einen Platz in einem außergewöhnlichem Team
- Geld für Leistung
- eine Position in der ECHTES unternehmerisches Denken täglich gefragt ist.

Wir suchen Menschen:

- die kaufmännisches Handeln im Blut haben
- die ein Team spielend hinter sich bringen
- die Spaß an der Entwicklung von Mitarbeitern haben
- die ständige Veränderungen lieben
- die einen ausgeprägten Ehrgeiz haben
- die bereit sind, auch schwierige Entscheidungen zu treffen
- denen es wichtig ist, im Verkauf aktiv mitzuwirken
- die eine extrem positive Lebenshaltung haben

Überzeugen Sie uns in Ihrem Anschreiben von Ihrer Motivation für uns zu arbeiten. Ihre aussagekräftigen Bewerbungsunterlagen senden Sie bitte an:

Media Markt GmbH
z.H. Frau Annette Henkelmann
Rangstraße 35
36043 Fulda

oder per E-Mail: a.henkelmann@mediamarkt.de

Ich bin doch nicht blöd.

MediaMarkt

Jürgen Sprenzinger Derchinger-Str. 19 86444 Bergen

J. Sprenzinger, Derchinger-Str. 19 86444 Bergen

Media Markt GmbH
Frau Annette Henkelmann
Rangstraße 35

36043 Fulda

13.01.2007

Ihre Stellenanzeige vom 13.01.07 in der Frankfurter Allgemeinen

Sehr geehrte Frau Henkelmann,

in Ihrer Stellenanzeige fragen Sie mich: „Warum arbeiten Sie eigentlich nicht bei uns?“

Die richtige Antwort kann nur lauten: „Ich bin doch nicht blöd!“

Sollte ich jetzt 99 Punkte gewonnen haben, nehme ich an deren Stelle gerne auch einen Einkaufsgutschein.

Mit freundlichen Grüßen

J. Sprenzinger

Jürgen Sprenzinger **Derchinger-Str. 19** **86444 Bergen**

J. Sprenzinger, Derchinger-Str. 19 86444 Bergen

Technotrans AG
Herrn Alois Scharf
Porschestraße 1

86368 Gersthofen

13.01.2007

Ihre Stellenanzeige vom 13.01.07 in der Frankfurter Allgemeinen

Sehr geehrter Herr Scharf,

Ihre Stellenanzeige in der Frankfurter Allgemeinen habe ich mit anfänglich großem Interesse gelesen, dieses ist jedoch schnell abgeflaut.

Leider kann ich Ihre Stellenanzeige nicht berücksichtigen, da Ihre in der Stellenanzeige genannten Anforderungen überhaupt nicht meinen Qualifikationen entsprechen. Aus diesem Grund erscheint mir ein Abdruck Ihrer Stellenanzeige in meinem Zeitungsexemplar äußerst unlogisch.

Bitte haben Sie deshalb Verständnis, wenn ich Ihnen leider mitteilen muss, dass ich Ihnen eine Absage erteilen muss. Dennoch wünsche ich Ihnen für Ihren weiteren Lebensweg und Ihrem Unternehmen für die Zukunft alles Gute und viel Erfolg.

Mit freundlichen Grüßen

Google sucht Sie

Industry Manager (m/w)

Offene Stellen in Deutschland.

Möchten Sie Teil eines wachsenden Teams höchst erfahrener und leistungsstarker Vertriebsmitarbeiter werden? Google sucht Kandidaten mit Vertriebserfahrung und nachweislichen Erfolgen in der Neukundenakquise für spannende Aufgaben in einem dynamischen Marktumfeld.

Als Industry Manager gewinnen Sie innerhalb eines Sales-Teams neue Kundenkreise für unser Werbeprogramm Google AdWords und bauen diese durch kundenspezifische Beratung kontinuierlich aus. Sie arbeiten eng mit dem Leiter des jeweiligen Vertriebsbereiches zusammen und sind für eine definierte Kundengruppe im Bereich Akquise und Bestandskundenpflege zuständig. Sie präsentieren unsere Produkte beim Kunden, führen Vertragsverhandlungen und schließen Neugeschäfte ab. Die Zusammenarbeit mit anderen Geschäftsbereichen stellt dabei eine wichtige Voraussetzung für das Erreichen Ihrer Vertriebsziele dar.

Verfügen Sie über ein Kontaktnetzwerk in einer bestimmten Branche und/oder im E-Commerce sowie über Berufserfahrung im Vertrieb von Online-Medien? Wenn Sie darüber hinaus ein abgeschlossenes Hochschulstudium und ausgezeichnete Präsentations- und Kommunikationsfähigkeiten besitzen, analytisch und strukturiert arbeiten sowie über ein überzeugendes Auftreten verfügen: Bewerben Sie sich bei uns!

Mehr Informationen zu diesen Stellen finden Sie unter **www.google.de/jobs.** Bitte senden Sie uns Ihren Lebenslauf in englischer und deutscher Sprache an **jobs@google.com** und beachten Sie: Die Betreffzeile Ihrer E-Mail muss sich auf die Position beziehen: **Industry Manager – Hamburg.**
Wir freuen uns auf Sie!

Account Manager (m/w)

Offene Stelle in Hamburg, Deutschland.

Möchten Sie unseren Kunden dabei helfen, das Beste aus ihren Werbeinvestiti
Sind Sie ein Experte, wenn es darum geht, die Erwartungen Ihrer Kunden zu ü
sucht hervorragende Account Manager für die Betreuung und Beratung unsere

Besitzen Sie einen Blick für Details und hervorragende Kommunikationsfähigk
analytische, kreative und ergebnisorientierte Arbeitsweise für Sie selbstverstän
Account Manager nutzen ihre ausgeprägte Kundenorientierung und sehr guten
für das Management der Online-Konten unserer AdWords-Kunden.

Haben Sie Lust, unseren Kunden als kompetenter Ansprechpartner zur Verfügu
Sie darüber hinaus ein abgeschlossenes Hochschulstudium und ausgezeichne
und Kommunikationsfähigkeiten besitzen, analytisch und strukturiert arbeiten
überzeugendes Auftreten verfügen: Bewerben Sie sich bei uns!

Mehr Informationen zu dieser Stelle finden Sie unter **www.google.de/jobs**. Bitt
Ihren Lebenslauf in englischer und deutscher Sprache an **jobs@google.com** ur
Die Betreffzeile Ihrer E-Mail muss wie folgt lauten: **Account Manager - Hambu**

Empfänger: jobs@google.com

Ihre Stellenanzeige in der Süddeutschen Zeitung vom 20. Januar 2007

Sehr geehrte Damen und Herren,

Ihre Stellenanzeige in der Süddeutschen Zeitung habe ich mit regenschirmgespanntem Interesse gelesen, muss Ihnen aber mitteilen, dass ich mich leider nicht bei Ihnen bewerben kann, da mir Ihre Stellenanzeige etwas seltsam vorkommt und ich den Eindruck habe, es handelt sich dabei um einen Fake.

Sie schreiben: »Google sucht Sie«. Aber genau das kann ich mir kaum vorstellen, denn es ist genau umgekehrt: Ich suche mit Google. Und zwar schon seit geraumer Zeit, denn ich wüsste sonst nicht, wie ich mich ohne Google im Internet zurecht finden sollte.
Natürlich können Sie auch mich suchen, aber nicht mit einer teuren Stellenanzeige sondern mit Google. Geben Sie bei sich selbst nur mal meinen Namen ein - Sie finden locker dreihundert Einträge - somit ist Ihre Stellenanzeige eigentlich vollkommen überflüssig.

Mit freundlichen Grüßen
Jürgen Sprenzinger

Translation for the English population:

Dear Ladies and Gentleman,

your Stellenanzeige in the Süddeutschen Newspapers I read tensed like an umbrella,
but I'm sorry to say that I can´t stand for because I think your Stellenanzeige is a little strange and my impression is, it is a fake.

You write: »Google is searching you«. But exactly this I can't imagine but in the contrary:
I'm searching with Google. And this I'm doing since a few years and I didn't know, what to do in the Internet without Google.

Of course you can search me, but not with a Stellenanzeige which is expensive but also with Google. Try the following: Give my name in at yourself - you will find about threehundred entries very relaxed - this makes your Stellenanzeige totally unnecessary.

With friendly greetings
Jürgen Sprenzinger

KUKA

Entwickler Steuerungsfirmware (m/w)

::: Tätigkeitsbereich

Konzeption und Durchführung von Weiter- und Neuentwicklungen der im Hause KUKA eingesetzten Robotersteuerungs-Firmware
Erstellung und Weiterentwicklung von VxWorks Board Support Packages (BSP)
Erstellung von Hardware-Treibern für die BSPs Erweiterungen und Pflege von Windows-Treibern und Applikationssoftware im Rahmen der von KUKA eingesetzten Echtzeiterweiterung VxWin
Portierung bestehender Robotersteuerungs-Firmware (auch Safety-relevante Firmware) auf neue Hardware-Umgebungen
Selbständige Realisierung von Softwarefunktionen qualitativ hochwertiger Softwaremodule

::: Profil

Technisches Studium (Elektrotechnik, Physik, Informatik, Automatisierungstechnik)
Erstellung von Realisierungs- und Designspezifikationen
Teamfähigkeit

::: Besetzungstermin

baldmöglichst

::: Ansprechpartner

KUKA Roboter GmbH
Human Resources (R 14-P)
Annette Geissler
Zugspitzstrasse 140
86165 Augsburg

Tel.: +49 821 797-3216
Fax: +49 821 797-2946
info-bewerbungen@kuka-roboter.de

Ein Unternehmen der
IWKA-Gruppe

Onlinebewerbung

Jürgen Sprenzinger Frieda-Forster-Str. 49 86399 Straßberg

J. Sprenzinger, Frieda-Forster-Str. 49 86399 Straßberg

Kuka Roboter GmbH
Human Resources (R 14-P)
z. H. Frau Annette Geissler
Zugspitzstr. 140

86165 Augsburg

1.10. 2006

Ihre Online-Stellenanzeige im Internet

Sehr geehrte Frau Geissler,

Ihre Stellenanzeige im Internet als Entwickler Steuerungsfirmware habe ich mit Interesse gelesen, muss Ihnen allerdings mitteilen, dass ich immer noch beleidigt bin und mich deshalb aus emotionalen Gründen nicht bei Ihnen bewerben kann.

Vor etwa zehn Jahren habe ich bei Ihnen einen Panzer bestellt. Sie haben mir selbigen Panzer nicht geliefert, sondern mir die Kriminalpolizei auf den Hals gehetzt. Seitdem bin ich gebrandmarkt.

Das fand ich damals gar nicht schön von Ihnen, weil ich nämlich ein unbescholtener Bürger bin. Zudem wollte ich nie einen Krieg mit diesem Panzer angefangen, sondern hätt ihn nur als Hobby gebraucht.

Bitte haben Sie Verständnis, dass ich mich wegen den obigen Gründen nicht bei Ihnen bewerben kann.

Mit freundlichen Grüßen

J. Sprenzinger

KUKA

KUKA Roboter GmbH Postfach 431364, 86073 Augsburg, Deutschland

Herr
Jürgen Sprenzinger
Frieda-Forster-Str. 49

86399 Straßberg

Unsere Zeichen	Durchwahl	Telefax	Datum
	3622	2946	24.10.2006

Ihr Schreiben vom 01.10.2006

KUKA Roboter GmbH

Headquarters
Zugspitzstraße 140
86165 Augsburg
Tel. +49 821 797-4000
Fax +49 821 797-4040

Global Sales Center
Hery-Park 3000
86368 Gersthofen
Tel. +49 821 4533-0
Fax +49 821 4533-1616

Customer Support
Zusamstraße 24
86165 Augsburg
Tel. +49 821 797-4000
Fax +49 821 797-1792

Executive Board
Bernd Liepert (Vors.)
Wolfgang Hullermann
Martin Sträb
Manfred Gundel

Sitz & Registergericht:
Augsburg HRB 14914

info@kuka-roboter.de
www.kuka.com

Sehr geehrter Herr Sprenzinger,

wir bedauern sehr, dass Sie unser Stellenangebot aus genannten Gründen nicht annehmen können.
Wir denken aber, dass wir trotzdem gute Nachrichten für Sie haben!
Da Sie in den letzten Jahren nicht der Einzige waren, der einen Panzer für den Hausgebrauch kaufen wollte, prüft unsere Geschäftsführung derzeit, unabhängig von Ihrem Brief, die Entwicklung eines „Panzer für Jedermann“.
Projektziel ist es, unserem Bereich der General Industry (GI) in naher Zukunft einen neuen Teilbereich namens „Robotank“ hinzuzufügen und bereits im ersten Jahr der Verkaufsphase einen Umsatz von 70 Mio. Euro zu erreichen.
Da uns potentielle Käufer bereits heute die Türe einrennen, müssen wir die „Time to market“ unbedingt weiter reduzieren.
Um dies zu erreichen, suchen wir Mitarbeiter / Panzerentwickler (eigentliche Qualifikation zweitrangig – Interesse für Panzer Voraussetzung) und dachten dabei an Sie.
Sie könnten Ihr Hobby zum Beruf machen und gleichzeitig versuchen über Ihr KUKA-Trauma hinwegzukommen. Interesse?

Mit freundlichen Grüßen,

KUKA Roboter GmbH

P.S.: Der sich derzeit in der Entwicklung befindliche Prototyp soll den Name „Sprenzinger KR 1“ bekommen. Schließlich waren es letztendlich Sie, weswegen wir überhaupt auf diese Geschäftsidee kamen.

Jürgen Sprenzinger　　　　Derchinger-Str. 19　　　　86444 Bergen

J. Sprenzinger, Derchinger-Str. 19 86444 Bergen

Kuka Roboter GmbH
Postfach 431364

86073 Augsburg

19.11.06

Ihr Schreiben vom 24.10.2006 auf meine Absage vom 1.10.2006

Sehr geehrte Damen und Herren,

herzlichen Dank für Ihr Schreiben vom 24.10.06

Mit Wohlwollen habe ich festgestellt, dass Sie nun bereit sind, neue Wege zu gehen, denn aus verschiedenen elitären Kreisen habe ich erfahren, dass gerade ein „Panzer für Jedermann“ eine Marktlücke ist, die zu füllen schon längst überfällig ist.

Was mich betrifft, so gebe ich gerne zu, dass ich bereits seit frühester Kindheit Panzerfetischist bin und mich freuen würde, wenn ich mich an der Entwicklung des „Volkspanzers“ beteiligen dürfte. Wie Sie leicht feststellen können, bin ich seit dem letzten Schreiben nach Bergen/Mühlhausen gezogen, um näher an Lechhausen und Ihrer Produktionsstätte zu sein.

Da ich unter anderem auch literarisch tätig bin und längere Zeit Redakteur für Computertechnologie war, könnte ich mir zum Beispiel sehr gut vorstellen, für den neuen „Sprenzinger KR1“ die Gebrauchsanweisung zu schreiben, so dass sie für Jedermann verständlich ist.

Natürlich wäre ich ein einer Zusammenarbeit sehr interessiert, doch egal, wie Sie sich letztlich entscheiden, ich habe mich dennoch entschieden, den Namen KUKA mittels eines Buches ruhmreich in alle Ecken der Bundesrepublik zu tragen – was nichts anderes bedeutet, dass ich bedingt durch Ihre aktuellen Pläne mehr als versöhnt bin und auch nicht mehr beleidigt. Zehn Jahre beleidigt sein ist schließlich genug. Es war eine harte Zeit für mich!

Mit freundlichen Grüßen

J. Sprenzinger

7 neue Mitarbeiter sind schon gefunden – es fehlen noch 3!

BOLTZE GRUPPE
SINCE 1964

Die Boltze Gruppe ist ein internationales Unternehmen für kreative Wohndekorationen mit 250 Mitarbeitern in Europa, das sehr schnell expandiert. So schnell und erfolgreich, dass wir Sie dringend als Verstärkung brauchen.

Natürlich nur, wenn Sie zu uns passen. Das allerdings dürfte nicht allzu schwierig sein, denn wir suchen nur die Besten – und zu denen gehören Sie schließlich auch. Aber was verstehen wir unter den Besten? Die Besten sind von ihrer Arbeit begeistert, sie motivieren sich und ihre Kollegen durch gute Laune und ebensolche Ideen. Sie sind jung und engagiert – und das unabhängig vom Alter.

Sie haben Spaß am Leben und an ihrer Arbeit. Die Besten – das sind Menschen, für die Erfolg ist wie Bergsteigen. Man erreicht den Gipfel nur, wenn man nie die Bodenhaftung verliert.

Die Besten erreichen ihre Ziele, ob auf dem direkten Weg oder über verschlungene Pfade. Sie sind geradlinig, denken aber gerne mal quer. Sie nehmen ihre Arbeit sehr ernst, sich selbst aber nicht zu sehr. Sie sind selbstsicher, aber bescheiden, sie wollen etwas bewegen, sind flexibel und sympathisch.

Sie wissen, dass sich im Team die ganze Welt aus den Angeln heben lässt und man als Einzelkämpfer keinen Kiesel bewegt. Sie wollen an dem Erfolg, den Sie uns bescheren, auch teilhaben. Und selbstverständlich sind Sie auch fachlich absolut berufen, in unserem Team mitzuarbeiten.

Wir suchen – wie gesagt – die Besten beiderlei Geschlechts, und das gleich drei Mal:

IT-Leiter

Studium / Ausbildung mit Schwerpunkt IT
Führungserfahrung
Kaufmännische Kenntnisse
Gute Englischkenntnisse erwünscht

Personalentwickler

Studium / Ausbildung mit Schwerpunkt Personalentwicklung
Berufserfahrung in der Personalentwicklung
Kenntnisse in der Personalverwaltung
Gute MS-Office Kenntnisse
Erste Führungserfahrung wünschenswert
Gute Englischkenntnisse von Vorteil

Verkaufsleiter Aussendienst

Kaufmännische Ausbildung
Betriebswirtschaftliche Kenntnisse
Nachweisbare Verkaufserfolge
Organisationstalent- und Mitarbeiterführung
Gute MS-Office Kenntnisse
Sicheres Auftreten und Verhandlungsgeschick

Was wir von Ihnen wollen, ist klar – nur das Beste! Aber was wollen Sie von uns? Worin liegt Ihre Motivation, es bei uns zu versuchen? Schreiben Sie uns genau das, wenn Sie uns überzeugen wollen – und Ihre Bewerbung wird ganz oben auf dem Stapel liegen.

Unser Personalleiter Andreas Floth freut sich auf Ihre Bewerbungsmappe.

Boltze Gruppe GmbH • An der Strusbek 19 • 22926 Ahrensburg bei Hamburg
☎ (+49) 41 02/4 82-0 • www.boltze.de

Jürgen Sprenzinger Derchinger-Str. 19 86444 Bergen

J. Sprenzinger, Derchinger-Str. 19 86444 Bergen

Boltze Gruppe GmbH
Herrn Andreas Floth
An der Strusbeck 19

22926 Ahrensburg

27.01.2007

Ihre Stellenanzeige vom 27.01.07 in der Süddeutschen Zeitung

Sehr geehrter Herr Floth,

gerne hätte ich mich bei Ihnen beworben, doch leider geht es nicht. Beim Durchlesen Ihrer Stellenanzeige bekam einen derartigen Minderwertigkeitskomplexanfall, dass ich augenblicklich um vier Zentimeter geschrumpft bin.

Ich weiß zwar, dass ich gut bin, aber ob ich zu den Besten gehöre, kann ich selbst nicht beurteilen, obwohl meine Frau immer sagt, ich sei der Beste. Allerdings ist die Meinung meiner Frau eher subjektiv, glaube ich. Sie als Personalchef dürften das vermutlich anders sehen, da ich ja kein eheliches Verhältnis mit Ihnen habe und aus Gründen, die ich hier nicht nennen will, auch zukünftig keines eingehen möchte.

Aber da Sie schreiben, Sie hätte bereits sieben neue Mitarbeiter gefunden, wollte ich es nicht versäumt haben, Ihnen dazu herzlich zu gratulieren. Ich bin sicher, Sie finden die fehlenden restlichen drei auch noch. Leider gehöre ich nicht dazu, was ich natürlich sehr bedauere.

Für Ihr persönliches Weiterkommen und für die Zukunft Ihres Unternehmens wünsche ich Ihnen alles Gute.

Mit freundlichen Grüßen

J. Sprenzinger

Jürgen Sprenzinger Derchinger-Str. 19 86444 Bergen

J. Sprenzinger, Derchinger-Str. 19 86444 Bergen

Manz Automation AG
Personalabteilung
Steigäckerstraße 5

72768 Reutlingen

27.01.2007

Ihre Stellenanzeige vom 27.01.07 in der Süddeutschen Zeitung

Sehr geehrte Damen und Herren,

Ihre Stellenanzeige habe ich mit großem Interesse gelesen, informiere Sie aber hiermit, dass ich mich nicht bei Ihnen bewerben kann, da ich Ihre Frage, ob ich bereit bin für Innovation und Erfolg, leider mit einem eindeutigen Nein beantworten muss.

Ich bin mir auch noch nicht so ganz im Klaren darüber, wann ich bereit bin. Es könnte aber durchaus sein, dass sich dies so um den 28./29. April dieses Jahres ändern könnte, da laut meines Astrologen um diesen Zeitpunkt herum der Saturn in meinem Horoskop rückläufig wird und meine bis dahin gefesselte Energie wieder freigibt.

Falls Sie zu diesem Zeitpunkt noch Mitarbeiter suchen, sollten wir die gemeinsame Vorgehensweise überdenken.

Mit freundlichen Grüßen

J. Sprenzinger

*Liebhaber gesucht!

Jürgen Sprenzinger Derchinger-Str. 19 86444 Bergen

J. Sprenzinger, Derchinger-Str. 19 86444 Bergen

IAV GmbH
Personalwesen
Carnotstraße 1

10587 Berlin

27.01.2007

Ihre Stellenanzeige vom 27.01.07 in der Süddeutschen Zeitung
„Liebhaber gesucht"

Sehr geehrte Damen und Herren,

Ihre Stellenanzeige ist mir sofort ins Auge gesprungen, da dieses Bild auf Ihrer Stellenanzeige bei mir einen fast pornografischen Eindruck hinterlassen hat. Was mich nur wundert, ist, dass der Mann auf dem Bild noch angezogen ist, während das Auto bereits nackt dasteht.

Leider muss ich Ihnen mitteilen, dass ich mich nicht bei Ihnen bewerben kann, da ich normalerweise keine Autos knutsche, umarme oder streichle. Wenn Sie einen Liebhaber suchen, der diesbezüglich veranlagt ist, dann bin ich der Falsche. Ich bin eher auf Frauen fixiert, was mich für eine Bewerbung in Ihrem Hause vermutlich schon im Vorfeld disqualifiziert.

Ihre Stellenanzeige in meiner Süddeutschen Zeitung betrachte ich somit als gegenstandslos, wünsche Ihnen aber bei der Suche nach diversen Liebhabern und Autostreichlern viel Erfolg.

Mit freundlichen Grüßen

J. Sprenzinger

HELLWEG®
Die Profi-Baumärkte IDEEN MUSS MAN HABEN
Ideengeber gesucht!
Ideen bewegen die Welt. Wir bewegen unsere Kunden. Mit Inspiration und Herz. Wir sind ein konzernfreies, ideenstarkes Einzelhandelsunternehmen. Mit über 70 Bau-, Garten- und Zoomärkten in Deutschland und Österreich zählen wir zu den Großen. Wir suchen für unser 3500 Mitarbeiter starkes Team Spezialisten für gute Ideen.
Für unser Team in Dortmund suchen wir Sie als
Assistent/in Zentraleinkauf
• Holz/Bauelemente
• Elektro/Leuchten/Installationsmaterial
• Sanitär/Küchen
• Baustoffe/Fliesen
Zu Ihrem Aufgabengebiet gehört der Kontakt zu Lieferanten, die Mitarbeit an der Optimierung bestehender Sortimente sowie die Vorbereitung und Durchführung von Lieferantengesprächen. Neben einer entsprechenden Ausbildung wären praktische Kenntnisse im Einkauf eines Groß- oder Einzelhandelsunternehmens ideal. Auch als Studienabgänger freuen wir uns auf Ihre Bewerbung.
Interesse? Dann senden Sie bitte Ihre Bewerbungsunterlagen oder rufen Sie einfach an:
Hellweg Die Profi-Baumärkte
Herr Uwe Schwarz, Borussiastraße 112, 44149 Dortmund
Telefon: 0231/9696-462, E-Mail: Uwe.Schwarz@hellweg.de

J. Sprenzinger, Derchinger-Str. 19 86444 Bergen

Hellweg Die Profi-Baumärkte
Herrn Uwe Schwarz
Borussiastraße 112

44149 Dortmund

27.01.2007

Ihre Stellenanzeige vom 20.01.07 in der Frankfurter Allgemeinen oder in der Süddeutschen Zeitung – so genau weiß ich das auch nicht mehr.

Sehr geehrter Herr Schwarz,

obwohl ich Ihre Stellenanzeige mit großer Aufmerksamkeit studiert habe, bin ich nach reiflicher Überlegung zu dem Entschluss gekommen, mich nicht bei Ihnen zu bewerben und wollte Sie über die maßgeblichen Gründe, die zu diesem Entschluss geführt haben, nicht in Unkenntnis lassen.

Sie suchen Ideengeber. Ich habe jeden Tag mindestens fünf bis zwölf neue Ideen, die ich Ihnen allerdings nicht geben kann, da ich nicht so ganz überzeugt bin, ob Sie diese in Ihren Baumärkten für mich zufriedenstellend umsetzen können.

Erst vor etwa 15 Minuten hatte ich wieder zwei neue Ideen. Die eine betrifft die Weiterent-wicklung des Weltraumlabors „Skylab", die andere den Wendereifen für Autos (ein Satz Reifen für den Sommer- und Winterbetrieb).

Doch ich denke, damit wären Sie vermutlich überfordert. Deshalb sehe ich mich gezwungen, von einer Bewerbung Abstand zu nehmen.

Mit freundlichen Grüßen

J. Sprenzinger

Wer klare Ziele hat, kann sie jetzt bei der VPV erreichen.

VPV

Für den Großraum Bayern
suchen wir

Bezirksdirektoren (m/w)

Als eine der traditionsreichsten Versicherungsgesellschaften Deutschlands bieten die VPV Versicherungen dem privaten Kunden ein umfassendes Angebot bei einem optimalen Preis-Leistungs-Verhältnis. Über 1.300 Mitarbeiter und Kundenberater im Innen- und Außendienst gewährleisten die fachgerechte Beratung und Betreuung unserer Kunden.

Als Leiter/-in einer unserer 53 Bezirksdirektionen sind Sie unmittelbar dem zuständigen Landesdirektor unterstellt. Sie kennen Ihren regionalen Markt und steuern Ihre Verkaufsberater erfolgreich unter Berücksichtigung der zentralen Produktions- und Ergebnisziele. Sie beherrschen Strategien der Kundenbindung und Neukundengewinnung sowie der Personalrekrutierung.

Wir erwarten gute Kenntnisse in den gängigen Versicherungssparten sowie Führungserfahrungen, die auf nachgewiesenen Verkaufserfolgen basieren. Eine fundierte Ausbildung in der Versicherungsbranche ist genauso selbstverständlich wie eine ständige berufsbegleitende Weiterbildung. Persönlich überzeugen Sie uns durch Ihre Fähigkeit, Ihre Vertriebsorganisation zu motivieren und zu Erfolgen zu führen. Ihr Handeln ist von Eigenverantwortung und Entscheidungsstärke bestimmt.

Es erwarten Sie interessante Führungsaufgaben, attraktive Verdienstchancen einschließlich Dienstwagen sowie die Sozialleistungen eines großen Dienstleistungsunternehmens.

Wir freuen uns auf Ihre Bewerbung. Bitte senden Sie Ihre aussagekräftigen Bewerbungsunterlagen unter Angabe Ihres Eintrittstermins und Ihrer Gehaltsvorstellungen an:

VPV Versicherungen
Strategisches und operatives
Personalmanagement
Steffen Ilzhöfer
Mittlerer Pfad 19, 70499 Stuttgart
Tel.: 07 11 / 13 91-25 29
E-Mail: karriere@vpv.de
www.vpv.de

Jürgen Sprenzinger Derchinger-Str. 19 86444 Bergen

J. Sprenzinger, Derchinger-Str. 19 86444 Bergen

VPV Versicherungen
Personalmanagement
Herrn Steffen Ilzhöfer
Mittlerer Pfad 19

70499 Stuttgart

13.01.2007

Ihre Stellenanzeige vom 13.01.07 in der Süddeutschen Zeitung

Sehr geehrter Herr Ilzhöfer,

Ihre Stellenanzeige in der Süddeutschen Zeitung ist mir zwar sofort ins Auge gesprungen, doch leider kann ich mich auf Ihre Stellenanzeige nicht bewerben und muss Ihnen hiermit eine Absage erteilen.

Bitte nehmen Sie dies nicht persönlich – es hat weder etwas mit Ihnen zu tun noch mit der Qualität Ihres Unternehmens, sondern mit mir. Sie schreiben: „Wer klare Ziele hat, kann sie jetzt bei der VPV erreichen."

Doch genau hier beginnt das Problem: Ich habe keine klaren Ziele, sondern bin immer noch am Überlegen, was ich machen soll. Einmal will ich arbeiten, dann wieder nicht, einmal bin ich voller Elan, um anschließend gleich wieder in tiefe Lethargie zu verfallen – ehrlich gesagt: Ich muss zuerst mit mir ins Reine kommen, erst dann kann ich mich bei Ihnen bewerben. Momentan bin ich wie ein Blatt im Wind und ziemlich verhuscht. Ich denke, es liegt auch am Wetter und der Tatsache, dass dieser Winter viel zu mild ist. Grundsätzlich nehme ich an, dass es psychisch bedingt ist, warum das allerdings so ist, weiß ich auch nicht, weil ich ja kein Psychiater bin.

Aber eine andere Frage: Sie haben auf Ihrer Anzeige eine nette Dame. Die würde mir gefallen! Ist es möglich, dass Sie mir ihre Telefonnummer geben zwecks Vereinbarung eines Treffens? Das würde mich vielleicht wieder in normale Bahnen bringen. Damit könnten Sie mir echt helfen. Sollte es zu einer Ehe kommen, hätten Sie die Ehre, Trauzeuge zu machen.

Mit freundlichen Grüßen

J. Sprenzinger

VPV
VERSICHERUNGEN

VEREINIGTE
POSTVERSICHERUNG VVaG

Strategisches und operatives
Personalmanagement
Unsere Zeichen: SPM/iz
Tel.: 0711/1391-2529
Fax: 0711/1391-2076
Herr Ilzhöfer
steffen.ilzhoefer@vpv.de

Herrn
Jürgen Sprenzinger
Derchinger-Straße 19
86444 Bergen

Stuttgart, 13.02.2007

Ihr Schreiben vom 13.01.2007

Sehr geehrter Herr Sprenzinger,

vielen Dank für Ihr Schreiben vom 13.01.2007. Mit großem Bedauern mussten wir Ihre Absage zur Kenntnis nehmen.

Aufgrund Ihrer Aussagen erscheint dies der einzig richtige Entschluss zu sein, der von uns allen zu akzeptieren und respektieren ist. Wir wünschen Ihnen jedenfalls künftig viel Erfolg und Glück bei der Definition Ihrer beruflichen wie privaten Ziele und das nötige Durchhaltevermögen, diese Ziele zu erreichen.

Die Telefonnummer der von Ihnen angesprochenen netten jungen Dame kann ich Ihnen leider nicht geben, da ansonsten ein Teil unserer männlichen Belegschaft vor Eifersucht sterben würde. Dies können wir uns als sozialverantwortliches Unternehmen natürlich nicht erlauben. Wir bitten daher um Ihr Verständnis.

Zum Schluss noch ein Hinweis, der Ihnen helfen könnte. In den Samstagsausgaben vieler Zeitungen gibt es neben dem Stellenteil auch ein Teil für Kontaktanzeigen. Vielleicht ist das der geeignete Weg für Sie, eine Ehefrau zu finden. Selbstverständlich würde ich Ihnen auch in diesem Fall als Trauzeuge zur Verfügung stehen.

Mit freundlichen Grüßen
VEREINIGTE POSTVERSICHERUNG VVaG

i.V. [illegible] i.V. Ilzhöfer

Für unseren Bereich Produktion suchen wir ab sofort:

Mitarbeiter/in Produktionsplanung und -steuerung

Ihre Aufgabe:

- Sie sind Ansprechpartner/in für unsere Produktionsbetriebe und Techniker im Ausland und kommunizieren intern mit dem Design, der Arbeitsvorbereitung, der Produktentwicklung, dem Materialeinkauf und der Logistik
- Sie unterstützen bei der Arbeitsvorbereitung und Kapazitätsplanung
- Sie überwachen die termingerechte Rücklieferung der Fertigteile
- Sie kümmern sich um alle anfallenden Fragen im Zusammenhang mit der Modellentwicklungsabteilung, dem Einkauf und der Logistik
- Sie sind bereit, administrative Aufgaben zu übernehmen, organisatorische Verantwortung zu zeigen, aber auch Anderen zur Seite zu stehen

Ihr Profil:

- Eine abgeschlossene Ausbildung im kaufmännischen oder technischen Bereich bzw. als Bekleidungstechniker/in
- Erfahrung in einer ähnlichen Position der Modebranche
- Umfassende Warenkenntnisse
- Sehr gute organisatorische Fähigkeiten und MS-Office Kenntnisse
- Ein gepflegtes, sicheres und sympathisches Auftreten
- Eine positive Ausstrahlung und ein gutes Gespür für Situation und Ort
- Die Bereitschaft, Verantwortung zu übernehmen und Eigendynamik zu zeigen
- Sehr gute Englischkenntnisse in Wort und Schrift

Als erfolgreiches Modeunternehmen suchen wir engagierte Kollegen/innen, die Erfahrungen aus der Modebranche mitbringen und eigenverantwortliches, temporeiches Arbeiten schätzen. Sie sind begeisterungsfähig und flexibel, haben eine sympathische Ausstrahlung und möchten zusammen mit unserem Team noch viel bewegen?

oui

Dann senden Sie Ihre Bewerbungsunterlagen unter Angabe Ihrer Gehaltsvorstellungen und eines möglichen Eintrittstermines an die Oui Gruppe GmbH & Co. KG, z. Hd. Frau Dill, Moosacher Straße 26a, 80809 München.
www.oui.com

Jürgen Sprenzinger **Derchinger-Str. 19** **86444 Bergen**

J. Sprenzinger, Derchinger-Str. 19 86444 Bergen

Oui Gruppe GmbH & Co. KG
An'd Frau Dill
Moosacher Straße 26a

80809 München

04.02.2007

Ihr Stellenanzeign vom 3.2.07 in der Süddeutschen Zeitung

Sehr geehrte Frau Schnelle,

erst war ich Kino, danach McDonald's, dann Kneipe und dann daheim, wo ich Ihr geile Stellenanzeige gelesn hab, weil mir sofort die Tussi vorn drauf ins Auge gebohrt hat. Das is ja ein megageschärftes Girlie!

Eigentlich wollt ich mich nich bewerben, hab eh keinen Bock auf Maloche, aber anfragen wollt ich, ob se vielleicht mir nicht die Addi von der Checkerbraut herschickn könntn, weil immer wenn ich Ihr Stellenanzeige anschau, dann krieg ich galaktische Gefühle und komm mir vor wie n Toilettentieftaucher mit Arschbackenbeleuchtung und Glühbirnenantrieb.

Da würdn se mir echt nen Gefallen tun. Das wär mega spitzen klasse. Ich würd mit Ihne auch auf meine Kosten einen Kolben zwitschern.

Wenn se mir die Addi schickn, dann bewerb ich mich vielleicht bei Ihne und mach Ihne eine richtig mega affentitten geile Produktionsplanung und steuern tu ich dann auch. Aber nur, wenn se mir zuerst die Addi von der Trulla schärfen.

Mit freundliche Grüse

J. Sprenzinger

Steuermann gesucht

Logistikleiter/in Verkaufsgebiet Südbayern

Erfolg kommt nicht von ungefähr. Auch nicht bei Coca-Cola. Dahinter steht das Engagement unserer Mitarbeiter bei der Coca-Cola Erfrischungsgetränke AG (CCE AG). Mit einem Absatz von 2,5 Milliarden Litern ist die CCE AG als größter deutscher Coca-Cola Konzessionär mit Hauptsitz in Berlin eines der bedeutendsten Getränkeunternehmen in Deutschland. Die CCE AG ist für die Abfüllung und den Vertrieb von Coca-Cola Markenprodukten in weiten Teilen Deutschlands verantwortlich. Unser Unternehmen beschäftigt rund 9.300 Mitarbeiter an über 65 Standorten. In 21 Abfüllfabriken werden Coca-Cola Produkte und Mineralwässer abgefüllt.

Weitere Informationen über die CCE AG und Ihre Einstiegsmöglichkeiten bei uns finden Sie unter www.cceag.de

Ihre Aufgaben

- Verantwortung für Lagerwirtschaft bei vorhandenen Vertriebslägern, Produktionslager und Cross-Docks sowie Disposition/ Kundenbelieferung
- Erstellung und laufende Kontrolle der Kosten- und Investitionsbudgets der einzelnen Standorte/Bereiche
- Führung und Weiterentwicklung der Mitarbeiter/innen des Logistikbereiches im Verkaufsgebiet (inkl. aller Standorte)
- Sicherstellung der Einhaltung aller gesetzlichen Anforderungen (Arbeitssicherheit, Sozialvorschriften, Übernahme der Unternehmerpflichten)
- Ansprechpartner/in und/oder Berater/in für alle logistischen internen und externen Fragen des Verkaufsgebietes

Ihr Profil

- Abgeschlossene technische oder kaufmännische Ausbildung
- Möglichst ein angeschlossenes Studium oder eine gleichwertige Ausbildung, bevorzugt in der Getränke- oder der Speditionsbranche
- Mindestens 5–10 Jahre Berufserfahrung
- Sehr gute EDV-Kenntnisse
- Ausgeprägtes Zahlenverständnis sowie konzeptionelle Fähigkeiten
- Zielorientierte Mitarbeitermotivation
- Fachkenntnisse in der Transport- und Lagerwirtschaft der Getränkeindustrie
- Führungserfahrung
- Bereitschaft zur Reisetätigkeit

Ihr Angebot an uns

Wir freuen uns auf das Gespräch mit Ihnen. Ihre vollständige Bewerbung mit frühestmöglichem Eintrittstermin und Gehaltsvorstellung senden Sie bitte an:

Coca-Cola Erfrischungsgetränke AG, Human Resources
Sabine Friedl, Industriestraße 8, 82256 Fürstenfeldbruck

Coca-Cola Erfrischungsgetränke
Aktiengesellschaft

Jürgen Sprenzinger Derchinger-Str. 19 86444 Bergen

J. Sprenzinger, Derchinger-Str. 19 86444 Bergen

Coca-Cola Erfrischungsgetränke AG
Human Resources
Frau Sabine Friedl
Industriestraße 8

82256 Fürstenfeldbruck

04.02.2007

Ihr Stellenanzeige vom 3.2.07 in der Süddeutschen Zeitung

Sehr geehrte Frau Friedl,

Ihre Stellenanzeige in der Süddeutschen Zeitung habe ich gelesen. Gefällt mir aber nicht. Deswegen kann ich mich nicht bewerben, sondern sage Ihnen mittels dieses Schreibens gleich ab.

Weitere Gründe: Cola ist ungesund. Es frisst die Magenwände an und verätzt die Magenschleimhaut. Außerdem enthält es zuviel Zucker und Zutaten, die bis heute noch längst nicht alle bekannt sind. Es erzeugt Karies und greift die Gehirnzellen an. Ich sehe es ganz deutlich an mir.
Ich habe früher viel zu viel Cola getrunken. Mit 28 hatte ich bereits keine Zähne mehr, war innerlich total verätzt, bekam Haarausfall und bin dann schließlich verzweifelt auf Erdinger Weißbier umgestiegen, da der Mensch naturgemäß Flüssigkeit zu sich nehmen muss.

Wenn auch Sie bzw. Ihr Unternehmen bereit sind, auf Erdinger Weißbier umzusteigen, dann könnte ich mir dazu durchringen, mich bei Ihnen zu bewerben. Aber bei Coca-Cola kann ich nicht arbeiten, weil ich mich nicht mitschuldig machen möchte am langsamen Verfall der Menschheit. Ich denke, diese Gründe können Sie nachvollziehen.

Mit freundlichen Grüßen

J. Sprenzinger

Jürgen Sprenzinger Derchinger-Str. 19 86444 Bergen

J. Sprenzinger, Derchinger-Str. 19 86444 Bergen

Robot Visual Systems GmbH
Personalabteilung
Opladener Straße 202

40789 Monheim/Rhein

04.02.2007

Ihre Stellenanzeige vom 3.2.07 in der Süddeutschen Zeitung (Verborgene Potenziale entdecken ...)

Sehr geehrte Damen und Herren,

Ihre Stellenanzeige in der Süddeutschen Zeitung habe ich mit Erschrecken gelesen und teile Ihnen hiermit mit, dass ich Ihre Stellenanzeige – obwohl ich hervorragend für die Stelle geeignet wäre – unter keinen Umständen für eine Bewerbung berücksichtigen werde.

Dafür sprechen mehrere Gründe:

Erstens wäre es ein Verrat an meinen Freunden, meinen Bekannten und nicht zuletzt an meinen Brüdern und Schwestern, denn alle Autofahrerinnen und –fahrer sehe ich als Schwestern und Brüder im Sinne der täglichen, gemeinschaftlichen Fortbewegung. Und da würde es strikt gegen meine Prinzipien und meinen Glauben verstoßen, wenn ausgerechnet ich an dem alltäglichen großen Abkassieren selbiger beteiligt wäre. Wir Autofahrer sind eh schon die Melkkühe der Nation und blechen uns – im wahrsten Sinne des Wortes – zu Tode. Denn es geht bei Geschwindigkeitsmessungen selten um den Schutz der anderen Verkehrsteilnehmer, sondern nur um das noch schnellere und bequemere Abkassieren des Bürgers.
Erschwerend kommt hinzu, dass ich in der Nähe von Mühlhausen wohne und bekannt bin. Wenn einer meiner Nachbarn hier erfährt, dass ich am Bau von Geschwindigkeitsmessgeräten beteiligt bin, dann hängen die mich sofort auf. Das ist ungefähr so, als wäre man in den USA ein Atombomben-monteur. Auch diese Leute sind höchst gefährdet und müssen um ihr Leben fürchten.

Ich könnte mich in keinem Wirtshaus hier mehr blicken lassen, die Leute würden mich einen Verräter schimpfen, ich wäre aus der örtlichen Gemeinschaft ausgeschlossen, der Bäcker würde mir keine Semmeln mehr verkaufen, der Metzger keine Wurst, der Tankwart würde mir den Zapfhahn verweigern, ich würde aus dem hiesigen Schützen- Feuerwehrverein ausgeschlossen und vermutlich noch aus dem katholischen Hausfrauenbund, was für mich besonders schmerzlich wäre – die Konsequenzen wären also fast nicht überschaubar.

Ich selbst fahre die Strecke Mühlhausen-Augsburg jeden Tag und werde mir doch nicht selbst ein Ei legen. Letztlich werde ich dann noch von einer Radaranlage geblitzt, die ich eigenhändig gewartet habe – das wäre ja fast so, als würde ich mich mit einem Revolver erschießen, den ich selbst geladen habe – also Selbstmord.

Ich hoffe, Sie können meine Gründe nachvollziehen und sind mir nicht böse. Ich bin sicher, Sie finden einen geeigneten Mitarbeiter, der weniger Skrupel hat als ich. Was mich betrifft, so werde ich werde zukünftig höllisch aufpassen, verborgene Potenziale und Visionen an den Straßenrändern rechtzeitig zu entdecken.

Mit freundlichen Grüßen

J. Sprenzinger

Anmerkung

*Die Firma Robot Visual Systems war wirklich lieb und reagierte auf meine Absage mit der Zusendung einer Broschüre, in der man lesen konnte, dass die Autofahrer in Mexico meist die doppelte Geschwindigkeit fahren als erlaubt ist. Allerdings bin ich ganz selten in Mexico, meistens halte ich mich in Deutschland auf ...
Dazu schickte mir die Firma noch einen kleinen Plastik-Polizisten zum Zusammenbauen. Ich war einfach nur gerührt ...*

Keine großen Sprüche. Keine langen Fingernägel. Unsere Mitarbeiter.

Wir sind eines der führenden Baumarktunternehmen in Europa mit über 12.000 Mitarbeitern in 8 Ländern.

Für unseren Bau- und Gartenmarkt in **Esslingen** suchen wir ab sofort freundliche und engagierte

Fachberater (w/m) – Vollzeit –

für die Warenbereiche – Farben/Tapeten/Bodenbeläge/Deko/Bildershop
– Holz/Platten/Baufertigteile

Sie verfügen über eine fundierte fachliche Kompetenz in Ihrem Warenbereich und haben Freude am Verkauf und an der qualifizierten Beratung unserer Kunden. Dabei überzeugen Sie durch Ihre freundliche und gewinnende Art.

Mitarbeiter (w/m) – Vollzeit –

Sie verfügen über eine fundierte kaufmännische Ausbildung im Einzel- oder Großhandel. Sie besitzen mehrjährige Erfahrung im Handel, hervorragende Produktkenntnisse und haben praktische PC-Erfahrung in MS Office und SAP. Von Vorteil sind Kenntnisse im Bereich Marktverwaltung und Warenausgabe.

Erstkassierer (w/m) – Vollzeit –

Sie sind zuverlässig und können ruhig und konzentriert an Computerterminals arbeiten. Unseren Kunden gegenüber sind Sie stets freundlich und aufgeschlossen. Zudem sind Sie teamorientiert und bereit, Führungsaufgaben zu übernehmen. Sie sind für die Einsatzplanung und Koordination der Kassenmitarbeiter verantwortlich. Kunden- und Serviceorientierung ist für Sie selbstverständlich.

Wir bieten

- einen sicheren Arbeitsplatz mit angenehmen Arbeitsbedingungen
- eine leistungsorientierte Vergütung, ergänzt durch ein individuelles Prämiensystem
- ein attraktives Altersvorsorgemodell
- beste Chancen zur beruflichen Weiterentwicklung

Auszubildende
für das Jahr 2007/2008 gesucht!

– **Verkäufer/in**
(Voraussetzung: Hauptschulabschluss mit guten Leistungen, Ausbildungsdauer: 2 Jahre)

– **Kaufmann/Kauffrau im Einzelhandel**
(Voraussetzung: mittlere Reife mit guten Leistungen, Ausbildungsdauer: 3 Jahre)

Mit einer Ausbildung in einem unserer Bau- und Gartenmärkte machst Du Dich auf den Weg zum Profi für unsere Kunden. In jeder Abteilung warten anspruchsvolle und abwechslungsreiche Tätigkeiten auf Dich. Du bist gefragt und kannst helfen, dass unsere Kunden ihr eigenes Projekt – ob groß oder klein – verwirklichen können. Neben der Beratung unserer Kunden erwarten Dich aber noch weitere attraktive Aufgaben. So sorgst Du zum Beispiel für eine verkaufsfördernde Warenpräsentation und stellst durch rechtzeitige Disposition die Warenpräsenz sicher. Zudem erhälst Du Einblicke in wesentliche Bereiche wie das Kassenwesen, Wareneingang und Warenausgang sowie das Sonderbestellwesen.

Interessiert? Dann freuen wir uns über Ihre Bewerbung. Diese richten Sie bitte an untenstehende Adresse.

HORNBACH-Baumarkt AG
– Personalabteilung –
Hornbachstraße
76878 Bornheim/Pfalz
personal@hornbach.com
www.hornbach.com

HORNBACH
Es gibt immer was zu tun.

Jürgen Sprenzinger **Normannenstr. 1** **86368 Gersthofen**

J. Sprenzinger, Normannenstr. 1, 86368 Gersthofen

Hornbach-Baumarkt AG
Personalabteilung
Hornbachstr.

76878 Bornheim/Pfalz

11. Januar 2008

Ihre Stellenanzeige in der Esslinger Zeitung vom 12. Mai 2007

Sehr geehrter Herr Hornbach,

Ihre Stellenanzeige in der Esslinger Zeitung vom 12. Mai lese ich bereits seit Mai 2007 täglich mit großem Interesse, muss Ihnen aber heute leider mitteilen, dass ich mich trotz der ausgiebigen Lektüre Ihres Inserates und reiflicher Überlegung nicht bei Ihnen bewerben kann.

Sie schreiben: „Keine großen Sprüche. Keine langen Fingernägel. Unsere Mitarbeiter."

Ich mache zwar nur selten Sprüche, habe aber für einen Mann relativ lange Fingernägel, die ich mir wöchentlich einmal von der Kosmetikerin pflegen lasse. Wenn ich mich bei Ihnen bewerben würde, bestünde die Möglichkeit, dass mir selbige abbrechen, und meine Chancen bei den Frauen gingen vermutlich sofort gegen null. Alle meine Freundinnen stehen nämlich auf meine Fingernägel.

Ursprünglich hätte mich der Job als Erstkassierer interessiert, doch bin ich davon wieder abgekommen, weil ich diesen Job nicht mit meinem Gewissen vereinbaren kann. Begründung: Normalerweise liefert man zuerst eine Ware und kassiert dann, also sozusagen im zweiten Schritt. Als Erstkassierer jedoch müsste ich Leute zuerst abkassieren und dann erst liefern, was ich persönlich so nicht gut finde.
Ich könnte sofort bei Ihnen anfangen, aber nur unter drei Bedingungen: Ich darf meine langen Fingernägel behalten, kann als Zweitkassierer arbeiten und bekomme eine eigene Filiale in Augsburg oder Umgebung, wo ich wohne.

Falls Sie damit einverstanden sind, geben Sie mir bitte Bescheid.

Und bis dahin: „yipi jei jei yipi yipi yo"!

Mit freundlichen Grüßen

Herrn
Jürgen Sprenzinger
Normannenstr. 1
86368 Gersthofen

Neustadt, 28.Januar 2008

Stellenanzeige in der Esslinger Zeitung

Sehr geehrter, lieber Herr Sprenzinger,

zunächst grüße ich Sie herzlich mit einem fröhlichen „Yippiejajayippieyippieyeah" aus der Pfalz nach Gersthofen. Es gibt immer was zu tun, den Satz kennen Sie aus unserer Werbung, deshalb schreibe ich Ihnen persönlich, ohne den lästigen Umweg über die Personalabteilung und das ganze protokollarische Gedöns. Ihr Brief hat mich tief bewegt, insbesondere Ihre hohen körperlichen (Fingernägel) und ethisch/moralischen (Zweitkassierer), aber auch logistischen (Augsburg) Vorstellungen. Erlauben Sie mir den Versuch, Sie für unser Unternehmen zu gewinnen und Sie von der Sinnhaftigkeit einer Bewerbung bei HORNBACH zu überzeugen.

Fingernägel. Prinzipiell ist nichts einzuwenden gegen manikürte Fingernägel, auch wenn diese Praxis – dies muss ich eingestehen – in Heimwerkerkreisen eher die Ausnahme ist. Vielleicht könnte man sich auf das Tragen von Arbeitshandschuhen einigen – sowohl zum Schutz Ihrer Nägel, als auch zum Schutz Ihrer offensichtlich doch sehr sensiblen Persönlichkeit vor diskriminierenden Bemerkungen rustikaler Kunden, die in traditionellen Do-it-yourself-Märkten nicht selten sind. Ich empfehle aus unserem Sortiment das Modell „Smart" für 4,99 Euro aus zartem Ziegenleder, erhältlich in den Farben natur oder Sand. Meine Vorstandskollegen und ich könnten mit dieser Kompromisslösung gut leben.

Erstkassierer oder Zweitkassierer, das ist in der Tat hier die Frage. Kasse machen ist wichtig, nicht nur an der Börse und im DAX, auch im DIY. Früher Vogel fängt den Wurm, wer zuerst mahlt, dem glaubt man nicht - oder so ähnlich. Jedenfalls legen wir großen Wert darauf, zu kassieren, ohne dass jeder gleich Gewissensbisse und moralische Bedenken äußert. Meine Empfehlung: Springen

Sie über Ihren Schatten, werfen Sie moralische Bedenken über Bord und werden Sie Erstkassierer. Spätestens wenn die Kasse zweimal klingelt, werden Sie geflasht sein von der Haptik und dem Geruch der Scheine, blau, rot oder braun, neu oder leicht abgenutzt, legal oder illegal erworben. Lassen Sie sich von Ihren Kassiererkollegen berichten, welche erotische Wirkung von der Farbe des Geldes ausgehen kann…

Augsburg: Hier sehe ich das geringste Problem. Unsere Expansionsabteilung ist ständig auf der Suche nach neuen Standorten. Wir brauchen lediglich läppische 100.000 qm in bester Lage, sprich im Einzugsgebiet von 250.000 Menschen, eine satte Autobahnanbindung und vertretbare Grundstückspreise bzw. Erschließungskosten. Dies sollte in Augsburg kein Problem sein, wir regeln das. Sie sehen, wo ein Wille ist, da ist auch ein HORNBACH, und wo Fingernägel sind, ist auch ein Arbeitshandschuh. Ich zähle auf Sie. Geben Sie mir Bescheid.

Mit freundlichen Grüssen

HORNBACH HOLDING AG

Albrecht Hornbach

Mehr als nur Kuhhandel...

Karriere bei der Kulmbacher Brauerei AG

... erwartet Sie in Ihrer neuen Aufgabe als

Leiter Einkauf (w/m)

Wir. Die Kulmbacher Brauerei und ihre Töchter zählen mit rund 1100 Mitarbeitern und einem Getränkeabsatz von über 3 Mio. hl zu den bedeutenden süddeutschen Unternehmensgruppen mit Standorten in Bayern und Sachsen. Unser Name steht für Getränkekompetenz und Sortenvielfalt.

Ihre Aufgabe. Sie sind strategisch und operativ verantwortlich für die Leitung, Planung und Koordination aller kosten-, termin- und qualitätsrelevanten Einkaufsaktivitäten von Produktions- und Nicht-Produktionsmaterial. Das von Ihnen jährlich verantwortete Einkaufsvolumen liegt im höheren zweistelligen Millionenbereich. Energisch und sicher führen Sie strategische Preis- und Vertragsverhandlungen, auch im internationalen Marktumfeld.
Sie optimieren unsere bestehenden IT-Systeme und treiben die Weiterentwicklung unseres Materialwirtschaftssystems voran.

Ihr Profil. Fachliche Voraussetzung für diese Aufgabe ist ein erfolgreich abgeschlossenes Studium, z.B. als Diplomkaufmann, Wirtschaftsingenieur oder in einer vergleichbaren Qualifikation. Einige Jahre Berufs- und erste Führungserfahrung setzen wir voraus. Sie verfügen über ein gutes Verständnis für technische Zusammenhänge und Prozesse sowie exzellente IT-Anwenderkenntnisse. Persönlich zeichnen Sie sich durch einen sicheren und überzeugenden Umgang mit Lieferanten sowie durch verbindliches Auftreten, Kommunikationsgeschick und Verhandlungsstärke aus. Hohe Selbstständigkeit, unternehmerisches Denken, ergebnisorientiertes Handeln, Problemlösungsfähigkeit und ein guter Schuss Kreativität runden Ihr Profil ab.

Kontakt. Wenn Sie „Mehr als nur Kuhhandel" suchen und ein engagiertes, leistungsorientiertes Team führen wollen, dann senden Sie uns Ihre aussagekräftigen Bewerbungsunterlagen an nebenstehende Adresse.

KULMBACHER
BRAUEREI
AKTIEN-GESELLSCHAFT

Personal und Entwicklung
Florian Kirchner
Postfach 1860
95310 Kulmbach
Telefon 0 92 21 / 705-454
Telefax 0 92 21 / 705-433
karrierechance@kulmbacher.de
www.kulmbacher.de

Jürgen Sprenzinger Derchinger-Str. 19 86444 Bergen

J. Sprenzinger, Derchinger-Str. 19 86444 Bergen

Kulmbacher Brauerei
Personal und Verwicklung
Herrn Florian Kirchner
Postfach 1860

95310 Kulmbach

04.02.2007

Ihre Stellenanzeige vom 3.2.07 in der Süddeutschen Zeitung

Sehr geehrter Herr Kirchner,

da ich sehr tierlieb bin und genau genommen sogar Kuhfetischist (meine letzte große Liebe, die Resi, ist vor drei Jahren am Rinderwahnsinn gestorben), ist mir Ihre Stellenanzeige mit der Kuh sofort aufgefallen und ich habe sie mit Interesse gelesen. Die Resi hat mir übrigens ihre Milch immer freiwillig gegeben. Ich musste sie nicht mal melken.

Ich würde mich gerne bei Ihnen bewerben, doch Bedingung dafür ist, dass ich jeden Tag mindestens einen Liter Freibier erhalte, da ich Kulmbacher Bier besonders gerne trinke.
Wenn Sie mir dies vorab in schriftlicher Form zusichern können, dann schreibe ich Ihnen umgehend eine Bewerbung, weil ich der geborene Einkäufer bin. Nicht umsonst schickt mich meine Frau jeden Samstag zum Aldi, zum Metzger und zum Bäcker.

Ich bin für unseren Lebensmitteleinkauf strategisch und operativ verantwortlich, zudem führe bei den oben genannten Einkaufsquellen regelmäßig energische Preisverhandlungen durch, die danach auch sicher sind. Sicherlich arbeite ich noch nicht international – das war bislang auch noch nicht nötig, allerdings möchte ich hinzufügen, dass ich auf meinen Urlaubsreisen selbstverständlich schon in den USA, Italien, Spanien, Portugal, den Benelux-Ländern, Großbritannien, Dänemark und Marokko erfolgreiche Einkäufe getätigt habe.

Ich wäre genau der richtige Mann an der richtigen Stelle – doch ohne Freibier geht leider nichts, sonst wird es ein Kuhhandel.

Mit freundlichen Grüßen

J. Sprenninger

Glossar

Absage

Eine Absage bekommt man entweder von einer Firma oder man sagt selbst ab, was der bessere Weg sein dürfte, da man sich damit einige Frustrationen erspart. Absagen sind im allgemeinen endgültig, es sei denn, der Personalchef überlegt es sich in letzter Minute anders. Sagt man selbst ab, sollte man unbedingt konsequent bleiben, alles andere wird nur als Charakterschwäche ausgelegt.

Bewerbungsgespräch

Ein Gespräch, zu dem es nur selten kommt. Wenn es allerdings der Fall sein sollte, muss man auf der Hut sein, denn meistens hat der Personalchef zu hohe Erwartungen und versucht, den Bewerber in die Enge zu treiben und zu demoralisieren. Als Bewerber sollte man dem gegenüber gelassen bleiben, schließlich will man den Mann ja nicht heiraten.

Berufserfahrung

Unter diesem Begriff versteht man die Anzahl der Jahre, die man im Berufsleben mit Arbeit verschwendet hat und gelebt wurde, anstatt zu leben. Es ist ein Auswahlkriterium erster Güte und für jeden Personalchef eine wichtige Einstellungsvoraussetzung. Wenn man 28 ist, 40 Jahre Berufserfahrung hat, dazu noch team- und leistungsfähig ist, stressresistent, zudem eine hohe emotionale Intelligenz besitzt, die Lebenserfahrung eines 80jährigen hat, bereit ist, auch am Wochenende zu arbeiten und die Gehaltsansprüche unter 1000.- Euro bleiben, wird man vielleicht in die engere Wahl genommen.

Botschaften (unbewusste)

Jeder Personalchef achtet auf die Botschaften, die der Bewerber unbewusst aussendet. Hier spielt beispielsweise die Körpersprache eine große Rolle. Aber auch der Bewerber ist dem nicht schutzlos ausgeliefert, denn sein Gegenüber sendet ebenfalls Signale. Wenn der Personalchef also während des Bewerbungsgespräches in der Nase bohrt, dann kann man annehmen, dass der Mann kein Taschentuch besitzt oder der Bewerber für den Job völlig ungeeignet ist.

Chemie

Die Chemie zwischen Personalchef und Bewerber sollte stimmen. Wobei das allerdings viel mehr den Bewerber betriff als den Personalchef, dem es meist schlichtweg egal ist, ob man ihn liebt oder nicht, er arbeitet schließlich nach einem standardisierten Einstellungsverfahren und schert sich um die Liebesbezeigungen des Bewerbers nicht die Bohne.

Doppelzüngigkeit

Wer den Aussagen des Personalchefs vertraut, hat schon verloren. Er malt die Firma oder das Unternehmen in den rosigsten Farben und verspricht dem Bewerber (sollte er in die engere Auswahl kommen) das Blaue vom Himmel. Deshalb sollte man als Bewerber immer auf gewisse zweideutige Aussagen des Gesprächs achten, um anschließenden Enttäuschungen aus dem Weg zu gehen. Dabei sollte man nicht vergessen: Jedes Unternehmen ist gewinnorientiert und keine Sozialstation.

Erstkontakt

Darunter versteht man den ersten Kontakt mit dem Personalchef, der meist auch der letzte ist.

Eiszeit

nennt man die Zeit zwischen dem Bewerbungsgespräch und der Absage seitens des Unternehmens. Die Eiszeit kann unter Umständen etliche Monate anhalten – es hängt von der Größe des Unternehmens ab, da Personalentscheidungen in den großen oder größeren Firmen meist sehr lange dauern. (Größere Räume, weitere Wege, längere Telefonleitungen, mehr Entscheidungsträger, größere Hierarchien). Hier handelt es sich um eine mildere Form der Absage – die lediglich darauf abzielt, das Unternehmen in guter Erinnerung zu behalten.

Foto (Bewerbungs-)

Genau genommen ein Relikt aus der Steinzeit, denn wen geht es etwas an, wie der Bewerber aussieht, solange er die geforderte Qualifikation vorweisen kann? Dennoch: Für den Personalchef stellt es jedoch ein wichtiges Einstellungskriterium dar, denn wer stellt schon gerne einen Frankenstein oder eine Sekretärin mit dicker Hornbrille und Körbchengröße A ein?

Gehalt

ist das Geld, das man für die zukünftige Arbeit erhält – vorausgesetzt, man bekommt den Job überhaupt. Meist ist das Gehalt wesentlich kleiner als die Arbeit, die man dafür zu leisten hat. Dabei spielt natürlich auch die **Gehaltsvorstellung** des Bewerbers eine Rolle. Ist sie zu hoch, ist er sofort aus dem Spiel, das Gehalt wird gestrichen und es bleibt lediglich bei der Vorstellung.

Guter Wille

... den Job gut machen zu wollen, nützt allein gar nichts. Ein Personalchef hat diesen Begriff grundsätzlich nicht im Repertoire. Er achtet strikt nur darauf, ob man es auch kann.

Hohes Potenzial (neudeutsch: High Potential)

Darunter versteht man die total überzogenen Anforderungen, die ein Unternehmen an den Bewerber stellt – egal, ob es die Qualifikation oder die Persönlichkeit betrifft. Beim Bewerber führen sie oft zunächst zu Magenkrämpfen, anschließend zu Depressionen, die in Folge von Minderwertigkeits-komplex-Anfällen begleitet werden, denn die Anforderungen sind meist so hoch, dass sie oft nur von Superman oder Catwoman erreicht werden können.

Hierarchie

Eine pyramidenförmige Rangordnung, mit streng gegliederter Hackordnung, seit der Frühzeit der Menschheitsgeschichte bekannt. Wurde schon bald auch in Unternehmen eingeführt und bedeutet im Klartext: Falls der Bewerber eingestellt wird, dann heißt das für ihn: Nach oben schleimen, nach unten treten. (Siehe auch „Mobbing).

Interesse

Wesentliche Voraussetzung für das Schreiben einer Bewerbung. Deshalb beginnt ein Bewerbungsschreiben meist mit dem Satz: „Mit großem Interesse habe ich ..." Es wäre unklug, zu schreiben: „Mit großem Geldmangel und gelangweilt habe ich ..."

Initiativ- (Bewerbung)

Man schreibt einen x-beliebigen Personalchef an, der überhaupt niemand sucht, in der Hoffnung, dass er doch jemanden sucht – eine Blindbewerbung also und der Horror eines jeden Personalchefs, denn er muss auf etwas reagieren, das nicht eingeplant war.

Job (altdeutsch: Arbeitsstelle)

Das hehre Ziel einer Bewerbung. Wobei man darüber geteilter Auffassung sein kann, ob dessen Erreichung unbedingt so gut war. Denn jetzt gehen Arbeit und Ärger erst richtig los ...

Ja-Sager

Das krasse Gegenteil eines Querulanten und Besserwissers. Ja-Sager haben es in einem Unternehmen häufig leichter und werden meist schneller befördert, um dann auf der nächsten Stufe der Hierarchie die Arbeit etwas schlechter zu machen als der Vorgänger. (Siehe ->Hierarchie und Karriereleiter)

Karriere (-leiter)

Steht man an der Karriereleiter unten, kann man nur schleimen. Doch sobald man die erste Sprosse dieser imaginären Leiter erklommen hat, darf man auch hacken. Je weiter man nach oben klettert, desto mehr darf man nach unten hacken, muss aber auch gewaltig nach oben schleimen, um die Spitze zu erreichen. Meist ist das

Nach-oben-schleimen und Nach-unten-hacken mit einer Gehaltsaufbesserung verbunden, da dabei auch der persönliche finanzielle Aufwand steigt.

Kreativität

Ein oft gefordertes Merkmal in Stellenanzeigen, das den Bewerber leicht dazu verführt, Dinge zu tun, die ein normaler Mensch niemals tun würde: Er faltet seine Bewerbung in Würfelform oder schickt sie per Luftpost. Bei einem Einstellungsgespräch mit dem Personalchef merkt der Bewerber jedoch sofort: Mit Kreativität ist die Länge der Arbeitszeit gemeint – und die betrifft auch Wochenenden ...

Lob

Wird man von einem Personalchef gelobt – und das schon im Vorstellungsgespräch, dann ist äußerste Vorsicht geboten und man sollte sich berechtigt fragen: Was will der Kerl wirklich von mir? Soll ich hier arbeiten oder meine Seele verkaufen?

Mogelei

Manch einer der Bewerber ist versucht, seinen Lebenslauf mit kleinen Mogeleien etwas aufzupeppen, was sich – wenn es nicht gelingt – immer als Schuss nach hinten erweist. Der Personalchef wird sich sofort zu Tode erschrocken und angewidert vom Bewerber abwenden und zukünftig staatlich beglaubigte Gutachten verlangen.

Minderwertigkeitskomplexe

sollte man in einem Bewerbungsgespräch nicht haben – zumindest aber überspielen, obwohl man sie in Anbetracht der überzogenen Anforderungen leicht bekommen könnte.

Mobbing

Ein Begriff, der 1963 von dem Verhaltensforscher Konrad Lorenz geprägt wurde. Gemeint sind damit Schikane, Psychoterror oder Intrigen, die sich nicht auf einzelne Handlungen beziehen, sondern auf Verhaltensweisen. Gerade in größeren Firmen ist Mobbing an der Tagesordnung, etwa eine Million Erwerbstätiger sind davon betroffen. Schon allein die krumme Nase eines Mitarbeiters kann Anlass dafür sein, dass er gemobbt wird. Kaum ein Personalchef wird einen Bewerber davor warnen und auf seine krumme Nase hinweisen ...

Norm

Als Bewerber kann man Individualist sein, soviel man will. Passt man nicht in die Vorstellungen des Personalchefs, dann ist man aus dem Rennen – hart und unbarmherzig. In den Unternehmen wird heute besonders viel Wert auf Teamgeist gelegt und sei es auch nur deshalb, damit man sich im Team gegenseitig gezielt auf den Wecker gehen kann. Introvertierte Individualisten sind da nicht gefragt, zudem lässt sich ihre Denke nur sehr schwer analysieren.

Online-Stellenangebote

Immer mehr Firmen gehen dazu über, anstelle der teuren Stellenanzeigen in den Zeitungen ihre Stellenausschreibungen ins Internet zu stellen. Vorteil für das Unternehmen: Viel billiger, zudem hat der Personalchef die Möglichkeit, schneller das Spreu vom Weizen zu trennen. Passt einer nicht ins Raster, fällt er sofort durch selbiges.

Profil (Mitarbeiter -)

Eine Beschreibung der Qualifikation und der Persönlichkeit, wie der Mitarbeiter zu sein hat – in der Regel wird auch hier Übermenschliches erwartet. Man darf davon ausgehen, dass sich der Personalchef darüber nächtelang das Gehirn zermartert hat und nun darauf besteht, dass der Bewerber all seine aufgestellten Voraussetzungen genau erfüllt.

Quereinsteiger

Als Quereinsteiger sind solche Bewerber zu verstehen, die den Anforderungen nicht genau entsprechen oder sogar berufsfremd sind. Der Quereinstieg wird zwar immer groß deklariert, in der Praxis aber kaum durchgeführt. Quereinsteiger sind jedem Personalchef suspekt, da er nie genau nachvollziehen kann, was sie eigentlich machen. Und schließlich sollen die Leute das machen, was sie gelernt haben! Wo kämen wir denn da hin, wenn jeder unkontrolliert arbeitet, ha?! Anarchie! In Deutschland hat schließlich alles seine Ordnung! So!

Ratgeber (Berufs-)

Das sind jene Leute, die sich sehr väterlich geben, in der Regel das volle Vertrauen des Bewerbers genießen und den Bewerber in die schier unergründlichen Geheimnisse der erfolgreichen Bewerbung einführen – oder es zumindest versuchen, doch meist werden nur bereits verstaubte Weisheiten weitergegeben. Für einen Personalchef sind Berufsratgeber Abgesandte des Teufels, denn sie sind es schließlich, die den Bewerber dazu verleiten, Bewerbungen zu schreiben, die außerhalb jeder Norm liegen. (Siehe auch „Norm“)

Schwächen

Der Personalchef kann es einfach nicht lassen: Im Gespräch fragt er den Bewerber nach seinen Schwächen. Als Bewerber denkt man sich vermutlich zuerst mal: Soll ich ihm die Wahrheit erzählen oder etwas vom Pferd? Genau genommen geht es ihn ja nichts an, denn man wird schließlich nicht um der Schwächen willen bezahlt, sondern wegen der geleisteten Arbeit. Eine etwas unglückliche Gegenfrage wäre sicherlich: „Ich habe keine Schwächen. Haben Sie denn welche??“

Stärken

Jede Medaille hat bekanntlich zwei Seiten – also auch ein Bewerber. Als männlicher Bewerber wäre es hier ein grober Fehler, mit der Potenz zu prahlen. Dennoch steht es schon in der Bibel: Du sollst dein Licht nicht unter den Scheffel stellen!

(Scheffel -> altes hölzernes Hohlmass unterschiedlicher Grösse für Getreide mit einem Volumen zwischen 5 und 250 Litern)

Traumjob

Hier handelt es sich keinesfalls, wie vielleicht angenommen, um einen Job, beim dem man träumen kann. Büroschlaf ist allenfalls den Beamten erlaubt – doch auch hier sind die Regeln strenger geworden, seit sich die Behörden als „Dienstleistungsbetriebe" verstehen. Tatsache ist: Ein Traumjob kann noch so schön sein – arbeiten muss man immer, nur soll ein Traumjob angeblich viel mehr Spaß machen als ein Nichttraumjob. Ein Personalchef wird die Sache realistischer sehen: In seinem Betrieb soll gearbeitet werden und nicht geträumt!

Unique Selling Point

oder: Was haben wir, was andere nicht haben? Ein Begriff, der ursprünglich auf Waren und Produkte angewendet wurde – neuerdings auch auf Menschen, die für einen Personalchef nichts mehr anderes sind als – nun ja – Waren eben. Oder anders ausgedrückt: Human Resources, also menschliche Produktionsmittel. Übrigens wird der Begriff „Resources" auch für Stoffe wie Kohle und Erdöl benutzt – und die Gewinnung dieser Stoffe erfolgt durch Abbau und Ausbeutung ...

Verspätung

Verspäten sollte man sich bei einem Bewerbungsgespräch grundsätzlich nicht, denn es könnte sonst nicht stattfinden ...

Wachstum

Schenkt man vielen Stellenanzeigen Glauben, dann sind 90 Prozent aller Firmen und Unternehmen auf „Wachstumskurs". Und das oftmals seit Jahrzehnten. Selbst Unternehmen, die erst fünf Jahre existieren. Nun könnte man sich fragen: Wie ist das möglich? Nichts in der freien Natur wächst ewig – weder ein Strauch, noch ein Baum, weder Mensch noch Tier ...

Xanthippe

Ursprünglich die Gattin des Philosophen Sokrates. Könnte sich aber auch als Bezeichnung für weibliche Personalchefs durchsetzen.

Ziel (erreicht!)

Das würde bedeuten, man hat eine Zusage bekommen. In der ersten Euphorie wird der „glückliche" Bewerber nun in einen Freudentaumel ausbrechen, seine Frau umarmen, sie zum Essen einladen oder ihr einen Brillantring versprechen – doch nichts täuscht darüber hinweg, dass nun die Arbeit beginnt! Und der Personalchef kann ein Häkchen aufs Papier malen ...

Statt eines Epilogs: Aussagen, die zu denken gaben ...

Sicherheit für alle, alles für die Sicherheit!
(Sicherheit für alle? Gibt es das? Vieles im Leben ist doch ziemlich unsicher, oder? ...)

Jetzt kommt Hochspannung nach Augsburg!
(Haben wir doch schon längst. Die LEW in Augsburg wurde nachweislich schon vor über hundert Jahren gegründet (1903). Bauen die vielleicht ein neues Kraftwerk oder wollen die uns verschaukeln??)

Wir entwickeln. Wir bewegen. Wir wachsen. Und was machen Sie?
(Jedes Lebewesen entwickelt sich, bewegt sich und wächst. Was also soll die Frage?)

Energiequelle gesucht!
(Sollte man denen ein paar Batterien schicken?)

Wir brauchen Ihre Power!
(Aha – ohne mich sind die kraftlos ...)

Wir suchen Querdenker, die nicht zugeknöpft sind!
(Sind Querdenker denn immer zugeknöpft??)

Wir haben ein Auge auf Sie geworfen!
(Mein Gott! Die auch!)

Gesucht: Liebhaber
(Sexueller Notstand, oder wie??)

Viele Chance liegen jenseits des Gewohnten. Wie weit gehen Sie?
(Ich gehe niemals weit. Ich hab ein Auto)

Arbeiten am Mehr.
(Ein Rechtschreibfehler?)

Anders sehen, anders denken, Dinge verändern!
(Aber ja!: „Wer die Dinge verändern will, sucht gangbare Wege, wer nichts verändern will, sucht nach Gründen.“ (Stepke))

Wir suchen Denker, die machen und Macher, die denken.
(Nettes Wortspiel, aber was sagt uns das? Was suchen die nun eigentlich genau?)

Immer schön beweglich bleiben!
(Na klar doch – wer rastet, der rostet)

Fokussieren – Sie denken an nichts anderes ...
(hm – stimmt.)

Ihre Ideen möchten wir haben.
(Das glaube ich denen aufs Wort!)

Welche Visionen wollen Sie verwirklichen?
(Wenn ich denn welche hätte – dann meine. Was für eine Frage!)

Durchstarten beim Marktführer!
(Ist der tatsächlich Marktführer? Hm. Woher weiß der das?)

Wir sehen die Welt orange. Die Farbe Ihrer Zukunft?
(Wie kommen die denn ausgerechnet auf orange?? Sind die bekifft?)

7 neue Mitarbeiter sind schon gefunden – es fehlen noch 3!
(Das ist natürlich höchst bedauerlich. Hat jemand zufällig drei Mitarbeiter übrig?)

Die Zukunft beginnt nicht morgen. Sie beginnt mit jeder Entscheidung, die Sie heute treffen.
(Von welchem Guru stammt **dieser** Ausspruch jetzt wieder, hm??)

ROBERT GRIESBECK

GRAUEN DES ALLTAGS

Von Kundenkarten, Warteschleifen und Gute-Laune-Moderatoren

»Bitte gedulden Sie sich einen Moment, gleich hat ein Mitarbeiter aus unserem Serviceteam Zeit für Sie … Bitte gedulden Sie sich einen Moment, gleich hat ein Mitarbeiter aus unserem Serviceteam Zeit für Sie …«
Warteschleifen, Payback-Karten oder überdrehte Radiomoderatoren – das Grauen des Alltags hat uns fest im Griff. Das Schlimme: Wir haben uns so sehr daran gewöhnt, dass wir die Zumutung gar nicht mehr merken. Brav befolgen wir die Anordnungen eines automatischen Wählsystems – obwohl wir doch nur zwei Kinokarten reservieren wollten. Beim Einkauf im Supermarkt lassen wir uns zu willigen Sklaven eines Systems machen, das die ganze Arbeit an seine Kunden delegiert – aber seit wann arbeiten wir eigentlich für den Supermarkt?
Mit Wut und Witz erzählt Robert Griesbeck von den absurden Episoden unseres Alltags zwischen Konsum, Medien und Informationstechnologie – und entlarvt dabei aufs komischste eine Gesellschaft, in der Wortgeklingel, Dummheit, Gier und schlechter Geschmack den Ton angeben. Und die jede Menge heiße Luft produziert – aber damit steigen ja bekanntlich die größten Ballons auf.

Knaur Taschenbuch Verlag

MICHAELA VIESER

HEIMATKUNDE FÜR FORTGESCHRITTENE

Bodenlose Löcher, Lügenmuseen und andere kuriose Sehenswürdigkeiten

Magnetfelsen im Wald, ein Saurierpark in der Oberlausitz und ein Mammut im Heimatmuseum. In Deutschland wimmelt es nur so von Kuriositäten, die in keinem herkömmlichen Reiseführer auftauchen. Zu einer Entdeckungsreise der etwas anderen, manchmal ziemlich schrägen Art lädt Michaela Vieser ein. Sie führt den Leser auf meist sicheren Pfaden durch ein Land, das verwunschener ist, als es von sich denkt. In ihrem vielseitigen und amüsanten Buch zeigt sie, dass man nicht weit reisen muss, um exotische Orte zu entdecken, und dass die »bodenlosen Löcher« dieser Welt direkt vor der Haustür liegen können.

Knaur Taschenbuch Verlag